警犬汉克历险记56

郊狼入侵

作 者

[美] 约翰·R.埃里克森

插画家

[美] 杰拉尔德·L.福尔摩斯

译 者

刘晓媛 英尚

浙江工商大学出版社
ZHEJIANG GONGSHANG UNIVERSITY PRESS

图字：11-2011-207 号

图书在版编目（CIP）数据

郊狼入侵／（美）埃里克森（Erickson, J. R.）著；
刘晓媛，英尚译.—杭州：浙江工商大学出版社，2015.3
（警犬汉克历险记；56）
书名原文：The Case of the Coyote Invasion
ISBN 978-7-5178-0154-2

I.①郊… II.①埃… ②刘… ③英… III.①儿童故
事—美国—现代 IV.① I712.85

中国版本图书馆 CIP 数据核字（2013）第 292275 号

郊狼入侵

［美］约翰·R·埃里克森 著

刘晓媛 英尚 译

出版发行	浙江工商大学出版社
出品人	鲍观明
版权总监	王毅
组稿编辑	玲子
责任编辑	罗丁瑞　黄静芬
策划监制	英尚文化　enshine@sina.cn
营销宣传	北京大地书苑图书发行有限公司
设计排版	纸上魔方
印　　刷	北京市全海印刷厂
开　　本	710mm×1000mm　1/16
印　　张	8
字　　数	100 千字
版 印 次	2015 年 3 月第 1 版　2015 年 3 月第 1 次印刷
书　　号	ISBN 978-7-5178-0154-2
定　　价	19.80 元

谨以此书献给我的朋友——

南希、瑞克和迈克尔·皮尔斯

牧场全景图

1. 盖岩高地
2. 通往特威切尔市的道路
3. 通往高速公路和 83 号
   酒吧的道路
4. 马场
5. 斯利姆的住所
6. 蛋糕房
7. 器械棚
8. 翡翠池
9. 鲁普尔一家住所
10. 比欧拉所在牧场
11. 邮筒
12. 油罐
13. 狼溪
14. 黑森林

出场人物秀

汉克

牛仔犬，体型高大。自称牧场治安长官。忠诚又狡黠，聪明又愚蠢，勇敢又怯懦。昵称汉基。

卓沃尔

汉克忠诚但胆小的助手。个子矮小，执行任务时，经常说腿疼，让人真假难辨。

皮特

牧场里的猫，喜欢和汉克作对，但与卓沃尔关系不错。

鲁普尔

汉克所在牧场的主人，萨莉·梅的丈夫。

萨莉·梅

牧场女主人，因不喜欢汉克的淘气和邋遢，与汉克的关系时好时坏。

阿尔弗雷德

鲁普尔和萨莉·梅的儿子，是个活泼、好动的小男孩儿。

克拉克

牧场上的公鸡首领。

瑞普和斯诺特

　　郊狼兄弟。头脑简单，性情凶残，喜欢唱歌和豪饮。

斯克兰仕

　　郊狼小姐的哥哥，是汉克的劲敌，残忍、嗜血。

郊狼小姐

　　郊狼村的公主，名叫"饮血女孩"，美丽善良，深深地爱上了汉克。

斯迈士

　　一条误入歧途的狗，和郊狼生活在一起。

牧场的威胁

"埃尔莎说了什么？"

"呃？噢，她说了五十次'咯咯'。"

"就这些？"

"不，先生，最后我从她那里把事情弄清楚了……"他朝身后看了一眼，然后向我靠近些，"老兄，这很有可能会吓着你。我想让你先做好思想准备。"

"我已经准备好了，所以，快点儿说吧。"

"嗯，先生，她听到的是，一群郊狼在荒野当中——嚎叫着、争论着、吵闹着就像……我不知道像什么。"

郊狼这个词让我打了一个寒战。我向他靠得更近些。"是吗？为什么吵闹？详细点儿，克拉克，我需要细节。"

他向我靠得更近。"埃尔莎说，他们在唱一首歌……关于鸡的。"

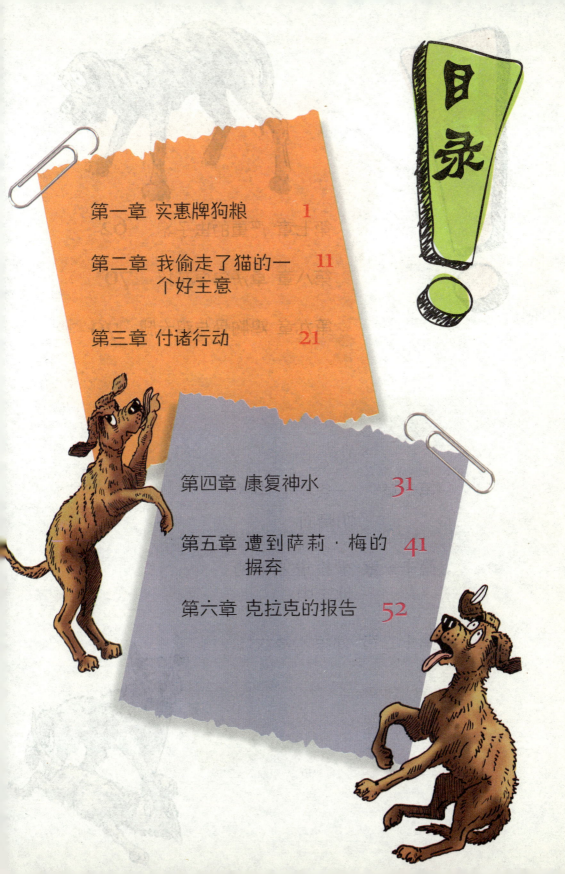

第一章

实惠牌
狗粮

警犬汉克历险记56：郊狼入侵

又是我，警犬汉克。通过我们的间谍与秘密特工网络，我们了解到郊狼们正在策划大规模袭击鸡舍。不过，这件事发生在我偷吃鸟食的计划惨败之后。我真不想讨论这件事，不过，我觉得我们有必要讨论一下，这有助于解释一些郊狼入侵案的细节。

看，这不是我的错，如果这里的人们不想让我偷鸟食，他们就应该在我们的狗食碗里倒一些像样儿的食物。当他们用残羹冷炙来喂狗的时候，一条狗又有什么办法呢？我并没有期待顿顿都可以吃牛排，对此我所能做的只是大声呼吁！

好吧，让我们慢慢说，娓娓道来。我还记得这场混乱开始的准确时刻，那是星期五下午五点钟。对大多数部门而言，星期五下午五点钟意味着工作的结束，充满乐趣、欢笑、无所事事的漫长周末的开始。而在这个牧场上，它却别有含义。它意味着又一个白昼的无休止的工作即将与又一个夜晚的无休止的工作进行交接。然后是又一个白昼与又一个夜晚，周而复始，循环往复。

在这里我们没有周末，只有工作与更多的工作。我在抱怨吗？不，先生，工作是我的职责，是我想要做的事情，我所期待的不过就是一个睡觉的地方和能够让我们继续工作下去的足以裹腹的合作社狗粮。看，这就是整个

2

问题的根源。

星期五下午五点钟，鲁普尔从城里回来了，他把小货车开进总部，在器械棚前面停了下来。我碰巧待在那里，看到了整个事情的经过。他从小货车里走出来，向我咧嘴笑了笑。

"汉克，今天真美啊，我发现了一个让我每月的狗粮账单缩减十美元的方法。"

不知为何，这并没有让我兴奋，我只是慢慢地、困惑地摇了摇我的尾巴。

他继续说："城里新开了一家叫'节俭屋'的店，他们的店训就是：'我们会剥掉跳蚤的皮，并把它卖掉。'"他吃吃地笑起来，向我眨了一下眼睛。"这是一家牛仔风格的商店，他们有他们自己的狗粮作业流水线。"他指了指小货车车斗里面的一只五十磅重的麻袋，"这就是我从这家店里买的实惠牌狗粮。你会喜欢上这个的，伙计。"

哦，真的？

他一边窃笑，一边打开麻袋的一角，在充当我们狗食碗的福特车轮毂罩中倒了满满一碗的狗粮。"好吧，伙计，吃吧，告诉我你的感受。"

我把鼻子向那堆褐色的颗粒移近一些，嗅了嗅。我们曾经讨论过合作社牌的狗粮，是不是？那是一种不新鲜的、油腻腻的味道。而这个东西闻起来……我甚至无法形容它，简直糟糕透顶了。

我悲伤地看着鲁普尔，慢慢地摇着尾巴，似乎在说："你在开玩笑，是不是？这是一个玩笑吗？"

他的笑容消失了。"汉克，这里不是华道夫阿斯多里亚那样的高级酒店。尝一下，你会大吃一惊的。"

好吧，我尝了一下，一小口，这就足够了。我的确大吃了一惊，它尝起来甚至比我预料的还要糟糕。它就像纸板一样，像山羊粪一样。我从狗食碗前后退，用舌头把那些碎屑抹掉。

鲁普尔的脸上出现了愠怒的表情。"好了，这是狗粮，而你是一条狗。当你饿的时候，自然会吃的。"他走向房子，一边走一边摇着头，嘀嘀咕咕地说着"挑剔的吃货"之类的话。

哦，是吗？当我饿的时候，我或许会吃树皮，而**不会**吃实惠牌狗粮。真是太过分了，居然让牧场治安长官吃这种垃圾！多年以来，我一直在忍受合作社牌狗粮，那已经够糟糕的了。不过这东西却让合作社牌狗粮变成了美味佳肴。

如果他认为实惠牌狗粮很好，他应该自己吃……不过，当然，这种事情永远也不会发生。这里的人们永远也不会吃从五十磅麻袋中倒出来的东西。不过，如果是给他们的狗吃……哦，算了。

当你们得知，我对那些实惠牌产品实行了抵制，一定会为我感到骄傲吧。星期五晚上，我饥肠辘辘地上了床。到了星期六早上，我因为极度营养不良而感到虚弱。我浑身发抖，肚子咕噜咕噜地叫着，几乎无法走路。这全是因为肚子里一点儿食物都没有。

这就引出了和鸟食有关的问题。看，我怎么也没有想到……我们很快就会谈到这件事。

眼下，先让我们作好铺垫。星期六早上紧随着星期五晚上而来，萨莉·梅已经制定好了计划，要驱车去城里度过一下午，做……什么来着？剪贴簿制作。她参加了一个学习如何制作剪贴簿的班，并且安排鲁普尔照看她的鸡群。

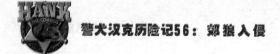

　　自然而然地，当她离开以后，我要接管她在牧场上负责的事务。一切都没有问题，除了我正在进行食物抵制之外。

　　那天早上，萨莉·梅与小阿尔弗雷德从房子里走出来，每个人的心情看起来都很好。这很重要。看，我想要我周围的人幸福快乐，并且因为这个世界公平地对待他们而感到满足。我不能解决他们所有的问题。不过，我一直在努力，尤其是当事情与萨莉·梅——我们深深敬爱的牧场主妇有关的时候。我在夜里睁着眼睛躺在床上，努力思索如何让自己得到她的青睐。

　　总之，我注意到她和阿尔弗雷德走进后院，做着什么事情。于是我走过去看了一下。因为狗不允许进入庭院，于是我就待在篱笆外面。皮特——她宠爱的那只小猫——可以自由地出入她的庭院。然而，牧场治安长官却是被禁止的。

　　这真的很怪异，不过，不要介意。既然不允许我进入庭院，我就只好从庭院外面观察。下面就是我所看到的一幕：阿尔弗雷德和萨莉·梅将一根金属柱敲进了泥土中，就在厨房的窗户下面。在那根柱子顶端有一块扁平的金属片，就像是某种平台。他们把一个小小的木房子放在了那上面。那个木房子有两英尺长、一英尺宽，还有一个倾斜的屋顶，就像你看到的人们居住的普通房子的屋顶一样。

　　你们可能会感到奇怪，他们为什么要把一座小房子放在一根金属柱上呢？我自己也感到非常奇怪。我的意思是，它看起来就像一座房子，不过，这座房子是用来干什么的呢？我启动了视觉扫描仪，更仔细地打量了一番。

　　唔，这真有趣。萨莉·梅把小房子的房顶移开了，倒了些什么东西进去。你们永远也猜不到那是什么。猜不出来吧？

　　那是鸟食。

是的，先生，鸟食。这给了我一条线索，让我能够解开这个谜团。看，它看起来像一座小房子。不过，实际上，它是一个房子形状的喂鸟器，这就是她要把鸟食倒进去的原因。

就在这时，我的助手卓沃尔来到了我的身边。"天啊，一座多么可爱的小房子啊。谁要在这里面住？"

"没有人要在这里面住，因为它不是房子，它是一个喂鸟器。"

"他们在喂鸟？"

"没错，不要问我为什么。"

他仔细地看了一眼。"他们为什么要喂鸟？"

"我刚刚告诉你不要问我。"

"抱歉。你不知道？"

"我不知道。为什么人们要拿出食物来喂鸟呢？如果你喂它们，它们就会一直在这附近盘桓。"

他坐下来，抓挠着肋骨上的某个地方。"嗯，也许萨莉·梅喜欢看这些鸟，当她在厨房里干活儿的时候。"

"也许是这样的，不过，这看上去完全是在愚蠢地浪费时间。她为什么想要看一群哭哭啼啼的鸟呢，当她能够看……嗯，例如说，我们的时候？"

他向我露出一个傻笑。"嗯，我们也没有做什么。"

"是你没有做什么。你知道吗，我可是一天十八个小时都投身在这个牧场上。不过，那些人曾经花时间来看我了吗？他们注意到我为了保证牧场正常运转所做的那些事情了吗？哦，没有，他们只想看鸟。"

"嗯，鸟儿们相当美丽。哦，看啊。"他向庭院里指了指，萨莉·梅与阿尔弗雷德已经走进了房子，一只鸟落在了喂鸟器上。"那是一只主

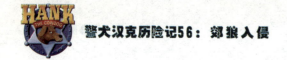

红雀。"

我眯着眼睛向喂鸟器看去。"那不是主红雀鸟，那是小偷。它正在偷鸟食。"

"嗯，我认为放喂鸟器的原因就是让鸟儿们来吃食的。"

我低头注视着这个小矮子。"卓沃尔，那只鸟是小偷。此外，它发出了噪音。我不喜欢鸟。如果你想坐在这里整日看着那些小偷们，没有问题。不过，我还得去管理牧场。"

我转身离去，留下他坐在一片碎石瓦砾当中。多好的主意啊！我的意思是，谁有时间无所事事地坐在那里，看着一群叽叽喳喳的小鸟偷食呢？反正不是我。

不过，你们知道吗？不知为何，我发现自己正在注视着它们。正如我所预料的那样，我所看到的一切真的让我感到恼火——络绎不绝地加入队伍当中的有主红雀、翠迪鸟、麻雀，还有其他一些有着翅膀与喙的小鸟们，大概有几十只鸟。我不想卷入与鸟有关的事情当中。不过，那些游民们正在偷窃我们的财物，需要有人对此做些什么。

于是，我做了任何一条正常的美国狗都会做的事情。我回到篱笆前面，在院门附近设立了一个发射阵地，开始准备向那些鸟们吠叫。不知为何，卓沃尔开始向后退，然后就像一阵烟雾一样消散了。这很好，当我开始向喂鸟器发射迫击炮吠叫时，我不想让他分散我的注意力。

我的一连串吠叫声就像符咒一样。持续不断地吠叫了五分钟之后，我把犯罪率降低了百分之六十三，再有三十分钟，我就会……

后门开了，萨莉·梅跨了出来。很好，她已经看到了我的工作，我知道她会……

"汉克，别向那些鸟儿们狂叫！"

呃？

"你把它们吓跑了。"

嗯，当然，这就是我的目的，看……

"找些别的事情去做吧，离我的鸟儿们远点儿。"砰！她回到了屋里。

嗯，你能说什么？我无法考虑任何事，这让我无话可说。她似乎并不清楚在她自己的庭院里正在发生什么事情。我正打算离开方屋……房屋，让我们这样说……我正打算离开这座房屋，就在这时，有什么东西吸引了我的目光。

这东西长着四条腿和一条尾巴，正一路蹭着篱笆走过来，嘴角挂着令人恼火的扬扬得意的傻笑。你们永远也猜不到他是谁。

一只猫。

第二章

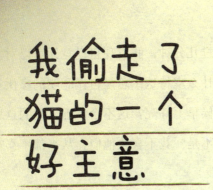

我偷走了
猫的一个
好主意

我没有心情搭理皮特，我很少有心情搭理他。不过，他走了过来。我振作起精神来，准备听他那句惯用的问候语："天啊，天啊，这不是神奇狗汉基吗？"

不过，他没有说这句话。相反，他用相当有礼貌的语调说："哦，早上好，汉克。"

有几秒钟的时间，相隔不过几分钟，我发现自己竟无言以对。不过，与此同时，我感到相当可疑，为什么皮特这个总是自作聪明的家伙竟一本正经地叫着我的名字，并且向我问候早上好呢？这不合情理。我的意思是，我们曾经讨论过我对猫的立场，是不是？我不喜欢他们，从来都不喜欢，我有足够多的理由相信皮特也不喜欢我。

这到底是怎么回事？

当他沿着篱笆悄无声息地走过来时，我用机警的眼神注视着他。他停下脚步坐了下来，用尾巴盘住了身体，说："我看到了事情的经过。"

"哦？嗯，我确信你很喜欢看到我被这座房子的女主人斥责。这无所谓，大声地笑吧，我不在乎。"

"事实上……不，我认为这不公平。"

这个词让我心里一震："你认为这不公平？哈哈，抱歉，小猫咪，不过我很难相信你的话。"

"这是实话，我能理解你想要帮萨莉·梅。"

"我当然想要帮忙。就在刚才那一个小时里，这些鸟一直在偷食谷粒。"

他把目光转向天空。"我知道，汉基，你可能很关心这会给牧场带来多少损失。"

"你说对了，我的意思是，为了省钱，鲁普尔刚将我的口粮更换成实惠牌狗粮。然而这些鸟却正在吞食着昂贵的鸟食，完全没有考虑未来的生活。在一个星期之内，这个牧场就会陷入麻烦当中。这一切都是因为管理无方，皮特。如果你不能控制花销，你就会破产。"

他悲伤地摇了摇头。"看到没有？我理解这一点，这是一个简单的账目，对吧？"

"说得对。你有收入，有支出，如果做不到收支平衡，你就会破产，而你自己还没有觉察到。记住我的话，皮特，这些鸟将会让这个牧场陷入严重的财政危机当中。"

"我完全同意你的观点，汉基。"他久久地注视着他的爪子，"我不理解为什么萨莉·梅如此纵容它们。"

"说得太好了，皮特，我喜欢你这种说法，'纵容'。这就是她干的好事。"

他的眼睛向四周巡视着，然后落在了我的身上。"她给它们吃的那些饲料……想必是最贵的。那些鸟很喜欢吃。"

我向旁边踱开几步。"皮特，你说到点子上了。他们花大价钱买来饲料，喂养一群毫无价值、从不干活的翠迪鸟。但是，他们给牧场治安长官吃什么东西呢？实惠牌狗粮……盛在一个旧福特车的轮毂罩中。"

"这太可悲了。"

"比可悲更糟糕，这很可耻，令人无法容忍。不过，当我想要帮忙时，萨莉·梅却对我叫嚷起来。皮特，有时候我认为这是一项肮脏的工作。”

那只猫翻身打了个滚儿，并开始拍打他的尾巴。“我很好奇实惠牌狗粮是由什么制成的？”

“山羊粪、马铃薯皮，还有垃圾。你为什么要问这个？”

“噢，没什么，我确信你不会感兴趣的。”

我大步走回到他身边。“我或许不会感兴趣，不过，还是想听听你能说什么。我的意思是，虽然你只是一只愚蠢的牧场小猫，不过偶尔，你也会想出个什么主意来。”

“噢，谢谢你，汉基。我还不习惯听到你的称赞。”

“是的，嗯，不需要习惯，因为这种事情或许再也不会发生了。”我朝身后张望了一下，为了确信卓沃尔没有在暗中监视我们。然后，我向那只猫探过身去。“跟我说说，皮特，你正在酝酿什么样的计划？”

“不是计划，汉基，只是一个想法。如果鸟食比狗粮好，也许鸟应该吃狗粮，”他重重地拍打了一下尾巴，“也许你应该吃……鸟食。”

我注视着他那黄色的眼睛。“你在开玩笑，是不是？狗不吃鸟食。”

“为什么不呢？”

“因为……我不知道，因为我们不吃。一只狗吃鸟食，这看起来太不自然了。”

“难道吃垃圾看起来就自然吗？”

“我没有这么说，我唯一的想法就是……”我向旁边踱开几步，我的意思是，我的大脑正在快速地思索着。“这是一个有趣的想法，皮特。在接下来的几天里，我会好好地考虑一下。我们可能不会把它付诸实践，不过，如果我们采用你的想法……嗨，你将会得到一份小小的报酬。”

“噢，谢谢你，汉基。也许你可以把鸟食分一些给我。”他咧嘴笑起来，忽闪了一下眼睛。

我踱回到他的身边。"我说过它是一个有趣的想法，不过，不要让荣誉冲昏了你的头脑。好点子一角钱能买一打，没什么可稀罕的。它们当中的绝大多数根本无法获得执行委员会通过。我们会在下一次的会议上讨论它，这就是我能给你的所有承诺。嗯，能跟你谈话真是太好了。"

"有人要离开了吗？"

"没错，你。我不想无礼，皮特，不过……"我朝身后看了一眼。"看，伙计，如果有人看到我们在聊天，这对我的名誉可没有什么好处。"

"噢，说得好！"他站了起来，向我眨了一下眼睛。"我要离开了，没有人会知道这件事的。"

"谢谢，皮特，我很欣赏你的态度。我的意思是，虽然这些规则不是你我制定的，但我们必须忍受。"

"你说得对，汉基，嘻嘻。"

"什么？"

他开始迈步离开。"我说，你是对的，这个世界并不完美。"

"没错，也许有一天，猫与狗会成为朋友。不过……嗯，那时我们已不在了。回头见。"

他最后一次挥手道别，然后消失在房子北侧的某个地方了。就在这时，我的内心深处纵情欢笑，开始庆贺起来。你们明白这是什么意思吗？哈！我刚刚从那只猫那里骗来一个好主意！

也许你们没有觉察到，所以，让我解释一下：我使用了一些聪明的审问技巧，从那只小猫咪那里哄骗来了一些非常重要的信息。在这里，你们看一看我的审问笔记。

相当了不起，呃？的确是这样的。仅仅通过转换食物供给，我们就可以

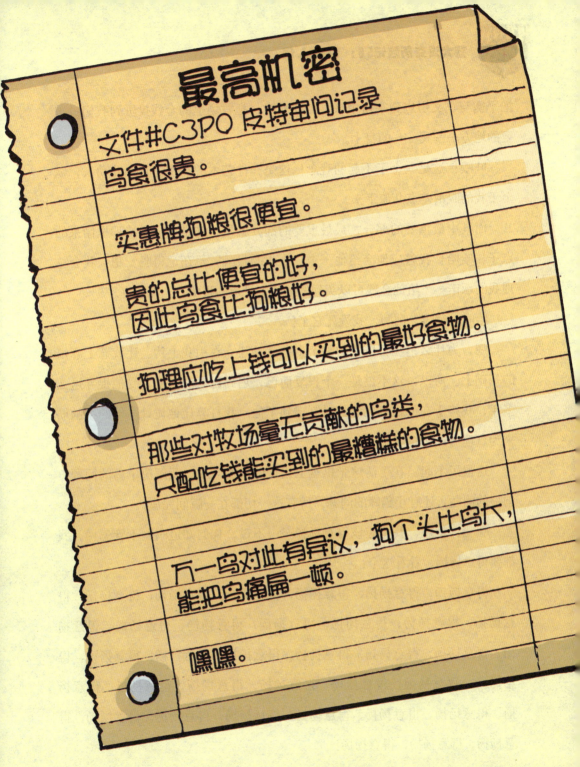

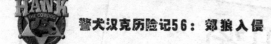

把平衡与正义引进到宇宙中来。与此同时，把牧场上的金钱投资到我们最重要的地方——我——的身上。

哇噢！这是一个了不起的观念！这是一件艺术的杰作。它如此动人，以至于我的眼泪差点儿流下来。

而其中最重要的部分，最最重要的部分就是，这是我从皮特那里**偷来**的点子！哈哈！我答应他会给他一个"小小的报酬"，还记得吗？嗯，我会兑现我的承诺……给他金钱可以买到的最微不足道的报酬：一无所有。

哈哈，嘻嘻，呵呵。我爱死它了！

嗯，为什么不呢？皮特的整个生涯就是建立在引我上钩、让我惹上麻烦的基础上。所以，这不过是一个报复而已，迟到已久的报复。受他捉弄这么多年，我终于在他粗心大意的时刻逮到了他。我打算让他诡计多端的小脑筋来为真理与正义的事业效力。

这很了不起。在生活这张棋盘上进行的大游戏中，我解决了鸟的问题、狗粮的问题，还有小猫咪的问题。所有这一切都在一瞬间完成。

嘿嘿，抱歉，我不应该得意扬扬……不过，你们知道吗？不管怎样，我都要得意扬扬，看看这个：

得意扬扬，得意扬扬！

嗨，这真好玩。

得意扬扬，得意扬扬！

嘿嘿，谁说得意扬扬不是有益身心的良好娱乐节目，谁就是从来都没有这样尝试过。真正了解这种感受的人知道，得意扬扬不仅对身体有益，对灵魂也有益。它不昂贵、低碳、高维生素，是最佳选择。

天啊，多么伟大的胜利。不过，现在是停止庆贺、回去工作的时候了。我把我雄伟的身躯转过来，面朝着篱笆。那个喂鸟器正在等待着我的到来。

第三章

付诸行动

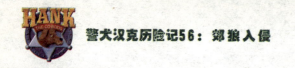

喂鸟器正在等待着我的到来，鸟类的集结规模已经上升到更高的一档。我的意思是，我做梦也没有想过我们的牧场会有这么多游手好闲的小鸟。它们有几十只，几百只，甚至更多！

不过，在我把计划付诸实施之前，我必须确信你们都知道的那个人没有站在厨房前面，用她雷达一样的眼睛向外注视。也许你们都已经忘记了萨莉·梅这个要素了。不过，我没有忘。这就是整个计划当中我无法控制的一个环节。如果她在窗户前徘徊，我就必须取消这次任务。

看，长年与萨莉·梅打交道让我学会了谨慎。当你认为她不在附近时，她会突然从门内冲出来，用那把扫帚拍中你。因此，你千万不能粗心大意。不过，我得到的情报让我有理由产生希望。还记得她计划去城里吗？如果打算去城里，她就必须去收拾东西；如果必须去收拾东西，她就不会潜伏在厨房的窗户附近了。

相当精明，呢？的确如此。

在派遣部队翻过墙头之前，我先进行了一个"探测敌情"的程序。这是我在工作中使用的一个特殊的技巧。那就是在那个地方走来走去，看起来漫不经心，吹着一首小调，假装做着……嗯，什么也不做，只是闲庭漫步，享受着清晨的空气。

当这一切准备就绪之后，任何在现场的目击者都会认为："嗯，那只是一条普通的狗在做着普通的事情。"没有目击者会认为："那条狗正打算跳进庭院去盗窃喂鸟器。"

花了五分钟探测敌情之后，我得到了一直在寻找的答案——萨莉·梅已经离开了厨房，我们可以执行任务了。犯罪行为的唯一目击者……呃，这项任务的唯一目击者，就是那一群没有大脑的翠迪鸟。谁会注意到它们呢？没有人。

时间到了。我昂首挺胸，给我的容器里换上新鲜的二氧化碳，我要去的地方会需要它。我转身朝着东方，踱到庭院的篱笆前，进入深蹲模式，然后让自己从篱笆上面跳了过去。

在庭院里，我暂停了片刻，重新审视了一下局势，打开了我头脑中的扩音器。"控制中心，这里是正义部队，我们已经来到了阵地上，重复，我们已经来到了阵地上，没有萨莉·梅的踪影。我们需要执行进一步任务的许可，完毕。"

无线电哔哔啵啵地响着，我听到了控制中心的声音："呃，收到，正义部队，我们收到了。允许你们执行进一步的任务。祝狩猎愉快。"

"收到，控制中心，我们继续了。"

我蹑手蹑脚地向前走着，一直走到搁置喂鸟器的金属柱前。我抬起头来向上张望，看到五只红色的小鸟正低头看着我，脸上是一副困惑的表情。我张开嘴，咆哮了一声说："快飞走吧，你们这群懒鬼！"

关于这些鸟，让我欣慰的一点就是，它们全都是小鸡。让我更正一下，事实上我所看到的鸟并不是鸡，它们是主红雀。不过，从一个更深的层次上看，它们都像小鸡一样胆小。这是一个重要的情报，因为这意味着，当形势

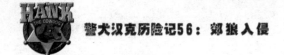

变得很严峻时，它们会从战场中逃跑。

它们的确这样做了。当它们看到我的尖牙在清晨的阳光下闪闪发亮时，它们什么也不顾，全都飞走了。好吧，实际上，它们并没有从战场上逃跑（它们飞走了），不过，结果是一样的。我们保护了喂鸟器，没有伤亡，没有流血，没有任何一声吠叫、尖叫与能引起房子里面的人怀疑的拍打翅膀的声响。

就在这时，我激活了水泵一与水泵二，让我的两条后腿进入水力托举程序。我就像老鼠一样悄无声息地用后腿站立起来，把我的前爪搭在金属平台上。这时，我关闭了水泵，开始用嗅觉传感器探测喂食器。

嗅一嗅，嗅一嗅。

一行行的数据闪现在我大脑的控制台上："小米、大麦、燕麦，还有其他几种无法辨认的谷物。高质量的鸟食，值得夺取。"

嗯，这就是我们需要知道的情报。我靠得更近些，启动了我们的机器舌装置，将舌头伸展开三英寸，正好可以在不过分伸展的情况下完成这项工作。机器舌装置开始行动，伸进那堆谷粒当中，在末端卷成一个卷儿。

这是一个相当精细的程序。想象一下一条狗在太空船的船舱里面操作一条机器手臂的景象吧。你坐在那里，周围被仪器的开关与闪烁的灯光所环绕，你的每一只手中都握着一个操纵杆。透过窗户，你可以看到太空中的机器手臂，这些机器手臂完成了每一项工作。

同样这里也是非常精细的程序。看，当你把舌头末端卷起来之后，你必须把水力程序逆行，让舌头回到嘴里。与此同时，舌头上面还拖曳着一小堆产品。（在这些操作过程中，我们没有详细描述我们所回收的物质，只是统称它们为产品。为什么？因为……我不知道。我猜当你们称它为"产品"而不是"鸟食"时，听起来会更正式一些。）

我们说到哪了？哦，是的，非常精细的程序，回收产品。慢慢地，一英寸一英寸地，我们操纵着机器舌回到太空船上，将第一批货物扫进收受台（嘴）中。在这里，我们使用颌骨与牙齿，开始加工这些颗粒。

唔，它们尝起来就像……嗯，鸟食，不过，味道不坏。事实上，相当不错，比从实惠牌狗粮麻袋中倒出来的那些味同嚼蜡的颗粒好多了。好吧，我们会回去再装载一些。

伸出机器舌……卷曲……撤回……对接……捕获……加工产品……一遍又一遍。这是一项进展缓慢的、单调乏味的工作。不过，它有这么做的价值。嗨，那些鸟食竟然这么好。为什么一直把这些东西浪费在鸟的身上呢？

据我回忆，当时我正在专心致志地执行着这项任务，已经加工了，哦，十五堆产品。就在这时，问题来了：两只尖叫的冠蓝鸦开始俯冲轰炸太空船的指挥舱。我们说过冠蓝鸦吗？也许没有。它们是牧场上最令人讨厌的鸟。与主红雀、麻雀及其他鸟类不同，它们会为了食物而战。当它们飞扑下来，用力地啄你的脑袋时，你就知道自己被啄了。

我立刻就挨了两下。我启动了紧急频率："控制中心，我们遇到了问题，敌人是冠蓝鸦，它们不知从哪里钻了出来……糟糕……它们不是在闹着玩的，完毕。"

无线电里传出来的声音说："打倒它们，孩子！击败它们！"

好吧，我得到了反击的许可，我准备战斗了——激光引导的牙齿大炮、特高频雷达，所有的武器全都装备好了。那些鸟会为它们愚蠢的行为付出代价。

它们冲上高空，在天空中盘旋，准备着另一轮的俯冲轰炸。我们在雷达

上已经探测到了它们。"方位2-5-0！距离十五码，快速接近中！注满一号管与三号管，开火！"

它们来了！我们发射了导弹……嗯，没打中。不知为何，那两个讨厌的东西躲了过去，并且……卡卡卡卡……幸运地开了一枪……或者两枪……好吧，五枪或六枪，就在我的脑袋顶上。

好吧，就是这样！这就是战争！警犬汉克不会让冠蓝鸦为所欲为。我们的导弹与鱼雷失败了，所以，现在是时候进行肉搏战了——剑、刀、棍，应有尽有。我转了一个身……

咣当！

呃？

你们听到了吗？也许没有，因为你们不在现场。不过，我听到了，一个很响亮的撞击声，几乎就像……糟了。你们知道，那个喂鸟器不是固定在那个平台上面的。不知为何，在一片硝烟战火当中，我想必是……呃……无意当中把它推下了平台，可以这么说。

此刻，它掉在地上，旁边是撒了一地的鸟食。

糟糕。

紧接着，另一个响声打破了不安的寂静——是开门的响声。这让我倒吸一口凉气。我不确定我是否希望出现这一幕，不过，嗯，我们需要知道我们正面临的危机是哪一种。慢慢地，我把眼睛转向房子，看到……

噢，不，是她！

她正站在门廊上，一半的头发上面夹着卷发夹子，而另一半……嗯，看起来非常像一个秃鹰的巢。她穿着长袍和拖鞋，很可能是刚刚洗完澡出来。她的右手拿着……那是一把枪吗？不，仅仅是一把木梳。哇噢！

各种表情在她的脸上闪过：惊讶、生气、愤慨、狂怒……不过，随后……我的天啊，她开始哈哈大笑了。"阿尔弗雷德，快点儿过来，把相机拿过来！你必须过来看一下！你爸爸的狗正在吃鸟食！"

你们知道吗，有时候你会觉得不知所措。逃跑？藏起来？摆个姿势等待照相？我的头脑一片混乱。不过，正如我一直所说的那样，当萨莉·梅笑起来，没有挥舞她的扫帚时，事情可能更糟糕。

好吧，她想要拍一张照片。于是我忽略了我所有想要逃跑的本能，等着阿尔弗雷德拿相机过来。

单独与萨莉·梅待在一起，我感到非常紧张。笑了一阵之后，她控制住了自己的情绪，说："汉克，你到底在干什么？"

嗯，这个……这个很难解释。看，她丈夫在我的狗食碗里倒了一堆垃圾。我一直在观察着那些鸟，它们正在狼吞虎咽地吃着她给的食物，并且……哦，天啊，我没有办法解释清楚。在这种时候，一条狗只能寄希望于他的主人能够，呃，试着理解他了。

小阿尔弗雷德从门里冲了出来。当他看到我时，忍不住哈哈大笑。"他正在从喂鸟器中吃鸟食吗？"

我的天啊。

萨莉·梅举起了相机，拍了一张照片。现在，他们用照片记录下警犬汉克一生当中最尴尬的时刻之一了。太好了。

嗯，照片的事情告一段落了，我现在应该怎么办呢？萨莉·梅在门廊上站了很长时间，努力忍着没有笑，转动着眼睛，摇着头。然后，她直直地注视着我的眼睛，说……这是她的原话……她说："汉克，你太愚蠢了！"

是的，女士。

"现在，从我的庭院里滚出去，再也不要回来！快走，嘘！"

好的，女士。

我把散落一地的尊严收拾干净，骄傲地昂起头，从这个丢脸的事件当中大踏步地走开。当我听到小阿尔弗雷德说"我简直迫不及待地想要告诉爸爸了"时，我的心几乎碎了。

太好了，牧场上的每个人都会知道这件事。而我，在我的整个一生中都会听到它。

第四章

康复神水

你们知道，当一条狗逃离了一个紧张的局势之后，他需要时间来康复……治愈他的灵魂……重建他破碎的自尊。

大多数的狗会悄悄地逃走，并且一连躲藏数日。卓沃尔就会这么做。我则不然。看，我很幸运，拥有自己的康复中心，这是一个我可以恢复斗志和体力的好地方。

我们称它为翡翠池，因为它是一池翡翠颜色的绿水，是从化粪池下面涌出的富含矿物质的矿泉水。不止一次，我伤痕累累地走进这池有康复作用的水中。一个小时之后，当我走出来时，我就变得精神抖擞、容光焕发，可以继续进行我终生的工作。

此外，还有一个额外的好处：这种能够治愈一颗破碎心灵的水对女士们也效力非凡。她们一闻到这种深沉的雄性味道就会异常激动，这不是件坏事。我的意思是，要想与女士狗们待在一起，你需要所有能够得到的帮助。

我离开了庭院，用最快的速度跑向翡翠池。我在东侧的岸上停留了片刻，让鼻孔充满花草与香料的味道，然后跳进了池水温暖的怀抱。哦，是的！我能感觉到这种滋补剂奔涌在我的……

嗝儿。

鸟食，你们知道，它尝起来味道不错，甚至可以说得上很好吃。不过，有时候，一个人会失去自制力。我的意思是，仅仅因为一两口的味道尝起来还不错，并不意味着他应该吃掉二十五磅。节制，这是我们赖以生存的原则，节制适用于所有……

嗝儿。

……东西上面。很显然，我超过了节制的限度，让自己变成了一头贪吃的猪。这种情况在最有教养的家庭当中也会发生，没有理由对此……嗝儿……感到羞愧。不过，必须做些什么来解决吃太多这些愚蠢的鸟食所造成的后果。

我走回到岸上，直接进入"中毒警报模式"。前后摇晃着我的脑袋，一连摇了五次，然后把脑袋低下去碰到地面，推动了冲刷杆。几秒钟之后，整个不愉快的事件就抛在我的身后了……实际上，是在我的面前，就在地上。我发现自己正盯着那堆有毒的黏糊糊的东西，思量着……

你们知道，有时候，当一条狗在他自己的头脑中搜寻答案时，嗯，他常常一无所获。鸟食？**为什么？**

我迷失在这些令人沮丧的思绪当中了。就在这时，有什么东西吸引了我的目光。我抬起头来，看到了……卓沃尔。他正坐在离我五英尺远的地方，呆呆地看着我，嘴角上挂着一个愚蠢的笑容。

"哦，嗨。"

"你一定要盯着我看吗？"

"嗯，我只是……"

我大踏步地向他走过去。"卓沃尔，你到这里来是为了嘲笑和奚落我的吗？"

"不，我只是感到奇怪……"

"如果你一定想要知道，这些都是鸟食。它们进入过一条狗的胃肠并且

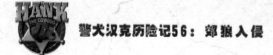

毒害了他的身体之后，就成了现在这个样子。"

他开始大笑起来。"嘻嘻，你在开玩笑，是不是？狗是不吃鸟食的。"

"我就吃了鸟食！地上的东西就是证据。如果你能把那个傲慢无礼的傻笑从你的嘴角上抹掉，我会很感激的。"

"抱歉，嘻嘻。"

"我听到了！"

他把那个傻笑从他的嘴角上抹掉了。"抱歉，不过，我从来没听说过狗吃鸟食。你真的吃了？"

"是的！"

他眨了眨眼睛，我们之间出现了片刻的沉默。"为什么？"

"卓沃尔，牧场上的每个人都在问这个问题。我也在问这个问题。"我向旁边踏开几步，凝视着远方。"我所能说的就是，当时，它在我看来是一个好主意。"

"真见鬼，它是好主意吗？"

"你认为呢？"

"嗯……我得说，也许不是。"

"卓沃尔，你曾经做过一些……真正荒唐的事情吗？"

"嗯，让我想一想。不，我没做过。"

我转过身来，用严厉的目光瞪着他。"别跟我这么说！你把半生的时间都用在做荒唐事情上面了。你生来就是荒唐而可笑的。"

"我就是这个意思。"

"那么，试着表现出一些同情来，对我们当中的……"突然之间，我感觉被击溃了，身不由己地倒在了地上。"我简直无法相信我这么做了！卓沃尔，什么样的狗会不顾他的名誉……去打劫一个喂鸟器呢？"

卓沃尔走了过来，坐在我的身边。"你真的这么做了？没骗我吗？"

"是的，是的，是的！这是我曾经做过的最愚蠢的事情。"

"呃，你没有跟皮特交谈过，对吧？"

我抬起脑袋，注视着他那双空洞洞的眼睛。"你为什么问这样一个问题？"

"哦，我不知道。有时候当难以挽回的事情发生时，你总是能找到猫的影子。"

"猫的影子？你在说什么，卓沃尔，我会愚蠢到被那只猫耍弄吗？你是这个意思吗？"

"我怀疑。"

"嗯，你可以停止怀疑了，因为我绝对不可能……"我把眼睛从一侧转向另一侧。"等一下，我曾经同那个小讨厌鬼说过话，"我站了起来，"我们讨论过鸟食。你明白了吗？这解释了一切。我被那只猫给耍了！"

"天啊，真令人如释重负。"

"如释重负！什么如释重负？"

"嗯……你不像我们以为的那样疯狂……我想。"

"傻瓜！我疯狂到被一只猫耍弄了！我疯狂到吃了五十磅重的鸟食！你还想让我疯狂到什么地步？"

"嗯……让我考虑一下。"

"他们拍了照，卓沃尔，全都记录在胶片上了。我不可能去声称这种事情不曾发生过了。那个鬼鬼祟祟、粗俗卑鄙、流着鼻涕的、像蛇一样滑行的小骗子猫引诱我做了这种事情！"

"嘻嘻嘻！"

"什么？"

"我说……哎呀，我打赌这很让人伤心。"

我瘫倒在地，发出了一声呻吟。"我被毁了，被毁掉了！"

他拍了拍我的肩膀。"别伤心，你可以看看光明的一面。"

卓沃尔的话鼓舞了我，让我坐了起来。"是吗？告诉我光明的一面是什么。"

"嗯……我还没有找到它。不过，我正在想。"

"没有光明的一面，卓沃尔。这一次，那只猫真的毁掉了我的名声。"

"我曾经坐过一次马车。"

"这件事会一直困扰着我。"

"马车很好玩。"

"当雪花飞舞的时候，他们还会一直在笑。"

"是的，它们相当恶劣。"

"什么？"

"苍蝇①啊，今年的苍蝇真的很恶劣。"突然之间，他在空中咬住了一只苍蝇。"看到没有？我捉到了一只！"

"你吃了一只苍蝇？卓沃尔，这太恶心了。"

"嗯，你还吃了鸟食呢。"

"是的，这正是我要说的。你吃苍蝇，我吃鸟食……卓沃尔，有一些可怕的事情发生在治安部门当中了！我们的举止就像疯子一样！"

沉默笼罩着我们，就像一片致命的乌云。然后……卓沃尔的牙齿又咯噔地响了一声。"又捉到一只！"

_____

① 汉语中的"飞舞"和"苍蝇"两个词组在英语中均用"fly"表示。

"卓沃尔，能请你认真一些吗？我们的部门已经沦落到了有史以来的最低谷……等一下！我刚刚想到了光明的一面，我去向萨莉·梅道歉！"我开始踱起步来，当我的大脑挂到更高的挡位时，我经常这样做。"她是一个善良的女人，亲切、温柔……尽管她看上去不怎么喜欢狗。"

"哦，我认为她只是不喜欢你。"

"如果我坦白一切，请求她的宽恕，也许她就能够宽宏大量地原谅我并且忘记这件事。"

"是的，我总爱忘记事情。"他又扑向一只苍蝇。"嗨，我又捉到了一只！"

"卓沃尔，请对我尊敬些！我在向你祖露心扉，而……把那只苍蝇吐出来！"

他背过身去。"它是我的。"

"立刻把它吐出来，这是我亲自下的命令！"

"见鬼。"他吐出了那只苍蝇。

"谢谢，你让我怎么吐露我最深刻的思想，当你……"就在这时，一只苍蝇叮在了我的左耳上。我们在这里所说的是很严重的叮咬，这让我疼得发了疯。我把苍蝇从耳朵上抓下来，然后将它弹得无影无踪。"嗨，你这个野蛮的家伙，接招吧！"

"你抓到它了？"

"当然抓到了。哈，那只苍蝇已经逃到了堕落的苍蝇应该潜逃的地方。"

"他的名字叫弗雷德①？"

———————————————

① 卓沃尔把fled（逃）听成了Fred（弗雷德）。

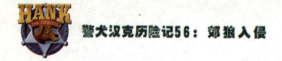

"什么？"

卓沃尔皱起了眉头。"我以为你刚才在说那只苍蝇是弗雷德……它流着红色的血……之类的话。"

"我没有说过那种话，这里也没有叫弗雷德的苍蝇，苍蝇是没有名字的。"

"我想知道为什么。"

"我不知道为什么，也不在乎。我正在说什么？"

"一个叫弗雷德的家伙。"

"是的，当然。"我继续踱起步来。"这里有一只狗，名叫弗雷德，看，我在牧场上的一个竞技表演当中遇到了他，他正坐在一辆有着康明斯柴油发动机的道奇牌大货车的车斗里，以为自己是一个特殊人物。他开始滔滔不绝……"我听到房子那边传来了"砰"的一下关门声，我停下了脚步，转身面向卓沃尔。"那是萨莉·梅。"

"你说过那是弗雷德。"

"她要离开这儿，去城里了！"

"我还以为是一个竞技表演。天啊，我被搞糊涂了。"

"卓沃尔，现在是我与这座房子的女主人把事情理顺的机会，我必须去见她！"

我转过身，向房子那边冲过去。我听到了身后一个微弱的呼喊声："等一下，你刚从排水沟里爬出来！"

那是卓沃尔的声音，不过我没有时间去考虑他的话是什么意思了。这没有关系，听卓沃尔的话会腐蚀我的大脑。

第五章

遭到萨
莉·梅的
摒弃

当我朝房子的方向跑过去时，我的脑海里只有一个想法尚未被卓沃尔的胡言乱语所腐蚀：我必须把我和萨莉·梅之间的事情理顺。

是的，现在是治愈让我们疏远这么多年的伤口的时候了。是我忏悔的时候，也是她谅解的时候了。我们之间的紧张关系已经持续得太久了。

我只希望在她心情沉重地驱车驶向城镇之前，我能够及时地赶到那里。苦思冥想对人类有害，对狗类有害，对这个世界上的所有生物都有害。最好是把每件事都开诚布公地讲出来——一起去分享，去哭泣，去欢笑。这会净化灵魂。

大多数的狗都不愿意这么费事。当问题出现时，他们只是耸耸肩说："那又怎样？"我不是这样的，老兄。在所有的钢盔铁甲之下，我有着一颗非常柔软的心，如果事情没有理顺，它不会平静下来。

我跑过器械棚，看到她从房子里面走出来。我的心脏因为喜悦而雀跃。她还没有离开！她穿着一件漂亮的白色连衣裙，头发扎了起来。我注意到一抹光芒在她的脸上闪耀。她看起来既美丽又幸福，为即将度过一个只属于她自己的下午而兴奋。

是的，这一次要把事情解决掉。

鲁普尔从房子里走出来，站在门廊上，手中抱着宝贝莫莉，向她挥手道别："祝你过得愉快，亲爱的。"

小阿尔弗雷德也在那里挥着手："再见，妈妈！我们会想念你的。"

她走出大门，浑身散发着光芒，就像清晨的太阳。她向那辆小汽车走过去。我不得不加快脚步，好在她将车开走前赶上她。看，我已经将这件事计划好了，它将会是一个非常特殊的事件。我不打算欢快地跳跃或者舔她的脚踝，而是计划将自己投入她的怀抱，用狗的热爱将她包围起来，舔遍她脸上的每一寸地方。

那时，她就会清楚……嗯，我对掠夺她的喂鸟器并将它撞到地面上，感到深深的歉意。真的是这样，我真的感觉到非常糟糕。我很尴尬、丢脸，非常、非常抱歉……即使整个事情是她的那只诡计多端的小猫咪引起的。

不，等一下，此时我不会责怪那只猫，是我自己这样做的，这全都是我自己的错，我会承担起全部的责任来。我会坦白忏悔，请求她的宽恕，不管结果怎样。

她伸手去拉小汽车的门把手，我将节流阀提升到涡轮五。她打开车门，我将目标信息输入数据控制中心，并将它锁定在电脑上。

十英尺，九英尺，八英尺。

她转过身来，看到我向她冲过去……哎呀，她的脸色……我不知道她的脸色是怎么回事。不过，老兄，她的脸色从神采奕奕与容光焕发一下子发生了转变，这种表情让一股寒意沿着我的脊椎骨蜿蜒而下。我用力按了一下气闸，滑行着停了下来。

在死一般的寂静当中，我向她露出了一个微笑，说："嗨，萨莉·梅，好消息，我来了！"

她向我伸出一根手指，我的意思是，她的手指像枪管一样指向我，并发出了嘘声："别靠近我！"

呃？

天啊，这是什么情况？我还什么都没有说、什么都没有做呢。我才刚刚赶到这里。

她皱着鼻子，噘着嘴巴。"你刚才去哪了？你闻起来就像一匹死马……还有，**你全身都是绿色的！**"

绿色的？哦，是的，翡翠池，还记得吗？好吧，当然，我刚才去做矿泉疗养了，这能解释每件事，她所闻到的是我深沉的、雄性的……

就在这时，我注意到小汽车的车门是打开的。唔，也许她想让我同她一起去城里，嗨，这就说得通了。我的意思是，她可能有些匆忙，不过驱车进城会给我们足够多的时间去畅谈、分享，并且把事情说开。

我开始向敞开的车门走过去。

她向后退了一步。"汉克，走开！鲁普尔，把你的狗叫走！如果他敢跳进我的车里，我就会杀了他！我没有开玩笑！"

杀了？天啊，这听起来可不太妙。我停下了脚步。

鲁普尔的声音从门廊上传了过来："汉克，搞什么名堂，快走开！"

萨莉·梅钻进了车里，砰的一声关上车门，启动了发动机，透过车窗上的玻璃怒视着我。她的嘴唇蠕动着，似乎说了些什么。不过，我听不清她的话。

我向小汽车走过去，发出了几声吠叫："当你不在的时候，我会照管好牧场。还有，萨莉·梅，当你回来的时候，我会守在这里！"

她将车窗玻璃摇下来，露出了一道缝隙："你是最令人厌恶的……离那条排水沟远点儿！"

她开足马力，溅了我一身的灰土和砂砾。这让我感觉到要理顺我们的关系还需要做更多的工作，相当多的工作。

我身上的气味让她离开了我，我的意思是，你们注意到她用"令人厌恶"这个词形容我了吗？这是一个感情色彩相当强烈的词汇，它让我怀疑……等一下！我知道了，我在翡翠池里泡的时间不够长！我没有浸泡足够长的时间，让水发挥魔力。那些水具有强大的力量，不过，它们需要时间去浸透到我的每一个毛孔之中。我真笨，我快速地进去又快速地出来了，而不是……

不过，不要忘了我为什么出来得这么快：鸟食。一想到鸟食，我的思绪立刻就回到了那个制造了整个悲剧事件的小骗子身上。当尘烟散尽之后，我把气势汹汹的目光转向庭院……他就在那里。

皮特正懒洋洋地躺在鸢尾花丛中，脸上挂着令我发狂的傲慢自大的傻笑。他忽闪了一下眼睛，冲我挥了挥手。

鲁普尔仍然站在门廊上，所以痛揍那只猫一顿不是一个很好的选择。于是我大声地叫喊起来："皮特，你这个卑鄙的家伙！"

"我知道，汉基。鸟食怎么样？"

"它们……皮特，你的脑子有病，总有一天……"

"怎么样？"

你们知道，我想不出能够刺激他的回答。这种事情偶尔发生，这真令人沮丧。你两天以后才想到答复，不过那时已经没有什么用处了。

我转过身来，高傲地昂起头，风驰电掣般地跑掉了。对那个小人，我无法赢得一个干净利落的精神上的胜利，但是我可以把他从我的视野里抹杀掉。如果你们仔细思考一下，这是一个相当残酷的惩罚。让那只猫独自一待在那里，没有人比皮特更应该受到独自面对自己的惩罚了。

　　我跑上小山，跑向器械棚，径直向着翻过来的福特车轮毂罩走过去。它的里面盛放着新鲜的……我知道你们在想什么：我花了很多时间苛刻地批评了那个实惠牌狗粮，并列举了它的种种缺点，不过，让我告诉你们一些事。你们越是了解鸟食，就会越喜欢狗粮，甚至是这个实惠牌的。

　　是的，它是由垃圾制成的，不过，它是诚实的垃圾；是的，它很难咀嚼，不过，当你将它放进嘴里、吞下肚去以后，它不会让你的身体产生痉挛。的确，当它抵达你的肠胃之后，它就会老老实实地待在那里，没有恶作剧，没有出人意料，确实是诚实优良的美国狗粮。

　　此外，如果狗粮店的人们需要一个名人来宣传他们的实惠牌产品，他们可以使用我的名字。这个朗朗上口、合仄押韵的小广告怎么样："尝尝实惠牌狗粮吧。味道好并不能代表一切。"这条广告可以印在他们的麻袋上面。或者再看看这一条："购买实惠牌狗粮吧。用餐不必有乐趣。"

　　嗨，你们觉得我们可以把它写成一首歌吗？我不知道，这很难。不过，让我们试一下。开始了！

用餐不必有乐趣

用餐不必有乐趣，

这是我们活着要做的事情。

吃饭不仅仅是一种娱乐，

我们希望借此存活。

实惠牌狗粮硬得像石头，

它保证会让你震惊，

就像咀嚼指甲或牡蛎壳……

它帮助你忽略气味。

当主人为我们购买食物时，

他们从不征询我们的意见。

事实上，我们喜欢吃那一种

不需要棍棒击打就能碾碎的食物。

牛腰肉当然很好，

然而，他们只关心价格的低廉。

如果实惠牌狗粮真的实惠，他们会买上一吨，

注意，胃肠，它来了！

哦，算了，生活中还有比吃饭更重要的事情，

我们为活而吃，不是为吃而活。

如果实惠牌狗粮能防止牧场破产，

我们会假装它是由肉制成的。

不过，这是一个玩笑，我们知道它不是由肉制成的，

它来自于各种各样的垃圾。

一条忠诚的狗永远也不应该皱起眉头，

只应该屏住呼吸，把它吞下去。

前景将会是消化不良，

食物买来了，事情做完了……

不过，要记住，

用餐不必有乐趣。

相当不错，呃？的确如此。你们知道，我这首歌是在靴子的刺激下……铁铲的靴子下……刺激的小齿轮下……刺激的时刻下创作出来的，就是这个。它自然而然地涌进我的脑海里，我认为这首歌相当不错。

总之，我来到翻转过来的福特车轮毂罩前，开始……你们知道，这东西在碗里放的时间越长，它就越难咀嚼。它已经变得相当硬了，就像石头、沙砾。它吃起来并不怎么好也就罢了，它简直糟透了，就像石化的山羊粪。

这太可怕了！他们怎么能卖这种垃圾？真恶心！

你们知道实惠牌狗粮的口号应该是什么吗？"厌倦了你的狗？给他吃实惠牌狗粮！他会离家出走。"

呸，也许到了明天我就会绝望透顶，拒绝吃这种东西。不过，此刻……

一只鸡？一只鸡正站在我的旁边。突然之间，我注意到……嗯，鼓槌形状的鸡大腿和布法罗炸鸡翅与鸡胸骨。唔。

不，等一下，先暂停每件事，别动，停止。那是一只公鸡，他的名字叫克拉克，并且……嗯，我们多多少少算得上是朋友。所以，忘掉我刚才说过的那些关于……你们都知道是什么意思的话吧。

看，当你饥饿的时候，你很难对一只鸡友善起来。我没开玩笑，我的意思是，我们现在所说的是一个道德上的挣扎！牧场狗必须一天二十四小时忍受这一切，让我告诉你们，老兄，这是对内心力量与自我约束的考验。我们当中有些狗能够处理这种压力，而有些狗，呃……我怎么说呢？

好吧，你们想听一个最隐蔽的秘密吗？我说的是那种潜伏在一条狗的头脑当中最幽暗、最漆黑的地牢当中的秘密，这是那种我们很少会与外部世界分享的秘密，因为……嗯，因为它会让一条狗陷入巨大的麻烦。不过，我打算透露这个秘密。下面就是这个秘密：

在整个得克萨斯州，没有一条牧场狗不曾在对待鸡的问题上犯过错误。

你们明白这句话的意思吗？你们知道，如果你们不明白，也许更好，因为我们正在谈论的是……忘掉我提出的这个话题吧。事实上，我没有提。我什么都没有说，几乎什么都没有说，关于吃……鸡，就是说，除了正好站在我身边的那一只，这是一个没有遮掩的事实。

哇噢！真是一个棘手的话题，我希望你们能理解。

不，我希望你们不理解，让我们跳过这一段吧。

第六章

克拉克的
报告

我们说到哪儿了？哦，是的，公鸡首领克拉克已经悄无声息地来到了我的背后。他单腿站立着，另一只腿则蜷缩在他的翅膀下面。他说："哦，你来了，我一直在四处寻找你。我早就应该知道你又在吃……"

"又？这是什么意思？"

"嗯，好像每次我四处巡查时，你的脸都伸在那只狗食碗里。"

"是吗？嗯，每次我四处巡查时，你都在追虫子。我认为我们两个都必须吃东西。"

"我从不这样想。"他伸着脖子，向狗食碗里瞥了一眼。"那东西好吃吗？"

"你自己试一下，请便。"

"这不是一个恶作剧吧？"

"这不是一个恶作剧，我是那种不介意分享的狗。"

"呃，嗯，这倒挺新鲜。好吧，也许我会尝一两口。"他啄了两口。"有点儿硬，不是吗？"他又啄了一下，发出了很大的声响。他缩回脑袋，咳嗽着，将它吐了出来。"你一直吃这种东西？"

"不是一直，这是一个新牌子——实惠牌。"

"嗯，这在某种程度上解释了你慷慨好客的原因。"他把一只翅膀搭在

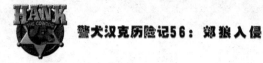

我的肩膀上，眨了一下眼睛。"用下脚料来慷慨好客永远也不会有损失，是不是？"

我推了他一下，使得他向后退了几步。"这就是我与一只鸡分享我的食物所得到的感谢吗？好吧，别说这事了，很抱歉我打扰了你。"

"嗯，你不必对此怀恨在心，我的意思是……"他的眼睛一下子睁圆了，他用一只翅膀砰砰地拍打着他的胸腔。"啊噢，它来了。"

我向四周环视着，没有看到任何不同寻常的东西。"什么来了？"

"急性胃灼热，我早就应该知道。"

我发出了一声叹息。"我还要再听你胃灼热的故事吗？"

"嗯，不，我认为你可以离开。不过，如果你留在这里，你就会听到它，因为当它发作的时候，通常都很猛烈。"他的眼睛暴突出来，打了一个可笑的嗝儿。"是的，这次将会很糟糕，我可以预言。"

"太好了。"

"埃尔莎总说我没有摄取足够多的沙砾。"

"真的？埃尔莎怎么样？"

"我们的沙囊得有沙砾。如果沙砾不足，食物就会出现阻塞。"

"天啊，天气一直很不错。"

"她认为我需要更多的沙砾。不过我认为我需要的是别的东西。我认为只有一种食物才会出现这种情况。你吃过蜘蛛吗？"

"没有。"

"老兄，我们现在谈的是胃灼热！一只蜘蛛，我的意思是，哪怕是一只小不点儿的蜘蛛都会让你置身于火热当中。"

"克拉克，我不关心。"

"呃？"

"我不吃蜘蛛，我不得胃灼热，我也不关心，别谈那个胃灼热了。"

他用红红的公鸡眼睛注视着我。"你是想告诉我你从来没有消化不良过？"

"说得对，从来没有。"

一丝邪恶的微笑掠过他的嘴角。"哦，这真有趣，二十分钟之前你在干什么？在那条排水沟里？"

"你一直在监视我吗？"

他仰头看着天空，得意地笑着。"嗯，我的眼睛一直是睁着的，老克拉克看到了许多事情。"

"好吧，我是消化不良了。不过，那不是胃灼热，我中了那些鸟食的毒。"

他把脑袋转过来，注视着我。"鸟食？孩子，我可以告诉你这说不通。一只狗不应该吃鸟食的。"

"我现在知道了，谢谢。"

"你没有砂囊，看，一个优良健康的砂囊能够磨碎那些小种子。嘿，你可真够笨的，居然吃鸟食。"

我从地上爬了起来。"我为什么要浪费时间同一只鸡交谈呢？你什么也不知道，你什么也不做，你所能谈论的就是消化不良。我要离开了，在我被烦死之前。"

"喂，先等一等，有一些重要的事情要告诉你。"

我停下脚步，转身面向他。"不是另一个胃灼热的故事吧？"

"不，先生，这个消息很重要，是埃尔莎告诉我的。"

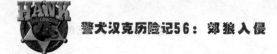

　　"我听着呢。"

　　他用一只翅膀摩挲着自己的下巴。"嗯，让我先想一想，你刚刚打乱了我的思路。"

　　"快一点儿，我很忙。"

　　"是的，我注意到了，你没有在那张粗麻袋床上生根真是一个奇迹。"

　　"快一点儿！"

　　"马上就想起来了，马上就想起来了。"他眯起一只眼睛，抚摸着他的下巴。"想起来了，是今天早上的事情，很早。埃尔莎在器械棚西侧的一丛高高的蒿草丛中啄食。每年的这个时候，那里都长着很高的蒿草，你不知道吗？它们相当美味可口。"

　　"你想说什么？"

　　"呃？想说什么？嗯，先生，我想说的是，她离鸡舍有些远了。我一直警告她不要跑那么远。我对她说：'亲爱的，你漂泊得太远了，总有一天，很可能会有一只郊狼从那些草丛中跳出来，把你吞下去。'不过，她不听，她是一只优秀的母鸡。不过，她有些缺少……"他敲了敲自己的脑袋。

　　"发生了什么事？"

　　"嗯，先生，她在那里，在那些蒿草丛中觅食，突然……她听到了一些事情。"

　　"什么事情？"

　　"一些非常奇怪的事情，这把她吓坏了。她跑了回来，拍打着翅膀，高声尖叫着，尽一只肥母鸡的所能奔跑着。她跑到我的面前，说：'噢，克拉克，噢，我的天啊，放过我吧！'"

　　我等着他说出更多的东西。"嗯？发生了什么事情？"

"我花了半天的时间才把事情弄清楚。她一阵一阵地歇斯底里，几乎说不出话来。"他凝视着远方。"你知道，她妈妈就是这样的，一位优雅的女士，不过当她着了魔时，她就只会说，'咯咯，咯咯，咯咯！'"

"埃尔莎说了什么？"

"呃？噢，她说了五十次'咯咯'。"

"就这些？"

"不，先生，最后我从她那里把事情弄清楚了……"他朝身后看了一眼，然后向我靠近些，"老兄，这很有可能会吓着你。我想让你先做好思想准备。"

"我已经准备好了，所以，快点儿说吧。"

"嗯，先生，她听到的是，一群郊狼在荒野当中——嚎叫着、争论着、吵闹着，就像……我不知道像什么。"

郊狼这个词让我打了一个寒战。我向他靠得更近些。"是吗？为什么吵闹？详细点儿，克拉克，我需要细节。"

他向我靠得更近。"埃尔莎说，他们在唱一首歌……关于鸡的。"

"鸡？"

"是的，先生，鸡，你不会相信那些可怕的歌词的！我不知道是否应该把它们说出来。"

"告诉我，克拉克，这有可能很重要。"

"好吧，他们说……接下来是他们原封未动的原话……他们说：'鸡叉骨，鸡大腿，鸡胸骨，鸡腿。"

我忍不住咂吧了一下嘴。突然，我的舌头一下子从嘴里伸了出来。"我明白你的意思了，这很骇人听闻，当然。"

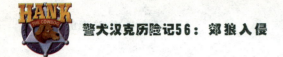

他盯着我，把脖子扭到了一侧。"喂，你刚才是不是舔了嘴唇？"

"我？"我从他面前转过身。"别犯傻了，继续把这个故事讲完吧。埃尔莎认为那些郊狼们在歌唱食物？"

"你认为呢？听着，伙计，腿是腿，不过，一个鸡大腿就是一块肉。"

我又忍不住咂吧了一下嘴。"说得好，就是说有一群郊狼在这片草场上，歌唱着鸡肉晚餐。这可不妙，这有可能意味着他们计划向鸡舍发起袭击。"

"说得对，伙计。就在今天早上，我们的防御委员会召开了一个特别会议，"他挺起了胸膛，"我们投票表决要采取行动。"

"没开玩笑吗？什么行动？"

"嗯，先生，我们全都绕着圈子奔跑着，尖叫着，足足有五分钟，二十七只母鸡和一只公鸡，这很特别。"

我注视着他。"这就是你们的行动？"

"说得对，我们原本计划跑上十分钟的。不过每只鸡都累了，于是我们不得不停了下来。"

我哈哈大笑，摇了摇头。"鸡，你们绕着圈子奔跑着尖叫了五分钟？"

"说得对，现在……"他把嘴戳到了我的脸上，"先生，我们想要知道你打算做些什么。我的意思是，当你不睡觉和不吃鸟食时，你应该是这里的看门狗。"

我把他推到一边去。"我从不纸上谈兵，不过我可以告诉你一点：我不会绕圈子奔跑和尖叫的。"

"嗯，这可能很好。"他皱起了眉头，"你知道，有时候我不认为尖叫真的会有所帮助。不过，它让我们感觉到我们是一个团队。你知道我在说什么吗？团队精神很重要。"

有片刻的时间，我差点儿当着他的面大笑起来，想要告诉他这听起来有多么愚蠢——鸡的团队精神？不过，我不想显得太粗鲁，于是我走开了几步。"克拉克，我会按正常程序着手调查这件事情。我或许会有更多的问题要问你，所以，请你不要离开城镇。"

他用上了鸡类的仅有的智慧，说道："嗯，这很容易，先生。看，我们没有城镇，我们住在这个乡村里，如果你没有注意到的话。"

"说得好，克拉克，别跟任何一只郊狼说话。"

在回办公室的路上，我一直吃吃地笑个不停。他真是一个笨蛋啊！

第七章

严重的虫子案

我坐上电梯来到十二层，大踏步地走进办公室。我查看了一下邮件，浏览了桌子上的几份报告，然后重重地倒在我的粗麻袋床上。

只有在此时我才注意到卓沃尔，他正趴在地上，两只前爪伸向前面，脑袋笔直地指向前方。突然我想到，他看起来就像伟大的狮身人面像……某个古代纪念碑……在……密西塔利皮亚……波塔莫塔米亚……阿哥瑞帕……埃吉帕姆……埃及，就是这个。

让我们退回到开头，重新再来一次：他看起来就像远隔重洋某个遥远陆地上的那座著名的雕像。显然，在我离开以后，他一直纹丝未动。

他的眼睛转了过来。"哦，嗨，你干什么去了？"

"我一直在外面处理牧场事务。"

"真见鬼，什么事务？"

"很复杂的事务。我的主要目标就是修补我和萨莉·梅之间的关系，这搞得我有几分颜面扫地。"

他用迷蒙的眼神眺望着远方。"是的，我一直喜欢蓝色①，它是我最喜欢的颜色，蓝色的天空、蓝色的海水……"

"嗨，你听到我在说什么了吗？"

---

① 卓沃尔把blew up（颜面扫地）中的blew，听成了blue（蓝色）。

他眯起了眼睛，仔细地打量着我。"哦，嗨，你说什么了吗？"

"是的，如果你能对我的话留点儿心，我会很感激的。我说，我在修补我和萨莉·梅关系的行动中弄得颜面扫地。"我叹了一口气，"卓沃尔，那个女人很不可思议，狗要怎么做才能取悦她？"

"哦……离那条排水沟远点儿，我想。"

"我跑过去祝她旅途愉快，准备与她化干戈为玉帛……你说什么？"

"离那条排水沟远点儿，你闻起来臭烘烘的。"

我跳了起来，居高临下地俯视着他。"为什么你这个小……你怎么敢对你的指挥官发表这种诽谤性的言论？你忘了我是谁了吗？你想要鼻子冲着角落站上五年吗？呃？"

"汉克，你闻起来臭烘烘的，她讨厌排水沟的味道，我只是想告诉你实情。"

"卓沃尔，这是最不能令人容忍的……"我的大脑跳回到了我与萨莉·梅在一起的那个场面。"等一下，她的确说了一些关于那条排水沟的话……还有我的气味。"我跌坐到我的粗麻袋上，"你想要告诉我实情？"

"是的，不过你从来不听。"

"不过，你为什么不直截了当地告诉我呢？"

"我不知道，因为你从来不听，我想。"

我们之间出现了长时间的令人心悸的沉默。"卓沃尔，我们共同经历过许多事情。我可以坦率地说几句话吗？"

"哦，当然了，我一生都坦坦荡荡。"

"卓沃尔，有时候我觉得我……我应该用哪个词好呢？"

"笨蛋？"

"不，有时候我觉得我没有完全听明白。"

"真见鬼。"

"就好像……嗯，我只顾关注整体画面，而忽略了其中的细节。"

"是的，一幅图画值上千条虫子。"

"说得对，卓沃尔，我认为我身上有虫子。它们影响了我的记忆力、听力，还有倾听的能力。"

"是的，这些虫子太坏了，也许你是从鸟食中感染上了它们的。"

我跳了起来，开始踱步。当我的大脑在快速地思考时，我经常这样做。"就是这样！你说到了点子上，这是一个常识，寄生虫主要来自于鸟食。"

"我一直想要看看巴黎①。"

"最普通的寄生虫是哪一种？"

"哦，大多数都是法国人，我想。"

"虫子，卓沃尔，一种危险的身体内部的寄生虫。"

"你知道，我最想去的地方就是埃菲尔铁塔。"

我转过身来，面对着他。"所以说，我们搞清楚了，我的注意力下降是因为我身上有虫子。快，我要到排水沟那里去！我必须把自己治好！"

我冲出了办公室，飞奔下十二层楼梯，跑过悬挂着树枝形吊灯与许多名狗画像的大厅，向着翡翠池一路狂奔，然后让自己投入它那温暖的怀抱。

当我让池水包围着我时，一种刺痛的感觉立刻遍布了我的全身。我知道这副万能药正在发挥着药效。就在池水治愈我的寄生虫病的同时，这副滋补剂正在滋补我的身体。

这时，卓沃尔也跑了过来，跑得气喘吁吁的。我觉得好多了。"卓沃

---

① 卓沃尔把parasites（寄生虫）听成了Paris（巴黎）。

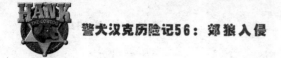

尔，我好了！此刻，我觉得比以往任何时刻都更像我自己了。"

"是的，你闻起来也更臭了。"

"虫子已经不见了，我的听力恢复了。我能听到你的话了，就好像你正站在我的面前一样。"

"是的，因为我就站在你的面前。"

我走到岸上，用力抖动了一下身体，让芳香的水滴向四面八方飞溅出去。卓沃尔畏缩着向后退了几步，因为，嗯，因为他讨厌水，这是他的另一个怪异之处。

抖动过身体之后，我刨了一堆土，然后在上面打起滚儿来，四脚朝天。之后，我跳起来，最后抖动了一下身体。"仔细看，卓沃尔，站在你面前的是一条新狗。"

"是的，萨莉·梅真的会感到骄傲的。"

"她的确会的，"我向他走过去，把一只爪子搭在他的肩膀上，"还有，卓沃尔，我们必须给你一些荣誉。你发现了鸟食是影响我听力下降的原因。虫子！"我注意到他从我面前向后退开，并做了一个令人不快的鬼脸。"怎么了？"

"空气有些不对劲儿。"

"真的？"我向四周的空气环视了一眼。"哦，是的，我知道你的意思了，我们几乎看不到空气了，不过，不要大惊小怪的，空气就应该是看不见的，它一直如此。"

"不，有一种死马的气味。"

"一匹死马？唔，你知道吗，萨莉·梅也说过这种话，我们最好去清点一下马匹的数量，也许我们丢了一匹马。"卓沃尔倒在地上，用他的爪子捂

住了耳朵。我冲到他的身边。"发生了什么事？"

他发出了一声呻吟。"你从来都不听，你从来都不听任何话！"

"卓沃尔，你听不到任何话是因为你的耳朵被捂住了。你不能堵着耳朵生活下去。"

"我再也受不了了！"

"卓沃尔，松开你的耳朵，这是命令！"

他的爪子没有动，于是我不得不亲自动手。这个小家伙需要帮助。我把他的一只爪子从他的一只耳朵上面费力地挪开，向他发出了一阵火车喇叭冲击波，汪嗷！这阵冲击波有着神奇的效果。他的眼睛一下子睁开了，他腾空跳起来足有三英尺高。他的耳朵拍打着，他似乎正在空中游泳，同时晃动着四只爪子与两只耳朵。

他让我大开眼界。嘿嘿，我必须承认我有些喜欢玩"火车喇叭"这个游戏，和一只猫玩会更有意思。不过，卓沃尔总是能表演出一出好戏。

他砰的一声跌落到地面上，我向他跑过去。"喂，好些了吗？"

"什么好些了？"

"很好！你现在能听到我说话了。站起来，我要做个发言。"他摇摇晃晃地站了起来，我注意到他的两个眼珠儿对在了一起。"请别做斗鸡眼，这是一个严肃的场合。"

"我受不了了，你从来都不听，这让我发疯。"

"卓沃尔，你发疯是因为你捂住了耳朵、做了斗鸡眼，这是不正常的。现在，笔直地站好，我打算给你一个奖励。"

他回过神儿来，咧嘴笑了。"一个奖励？你没骗我吗？"

"是的，你是发现鸟食与我听力下降之间的神秘关系的人。这是一个很出色的侦察工作。谢谢你，我能再次听清楚了。"

"是的，不过你从来都不听别人的话。"

"没错。为了表示我的感激之情，我打算提拔你一下。"

他露出了骄傲的笑容，开始摇晃起他的短尾巴来，"天啊，你没骗我吗？"

"没骗你，我打算提拔你当第一侦察员。"

"第一侦察员，哦，天啊，我一直想要当一名侦察员。"

"此外，我会交给你一项非常重要的任务。"

他的笑容凝固了。"任务？"

"看，我觉得郊狼正在酝酿着某个阴谋，我们得到了一份报告……"

砰！他像一块石头一样躺到了地上。

第八章

卓沃尔
耍花招

这个小家伙在地上打着滚儿，显然是因为某种疼痛。"我的天啊，现在又怎么了？"

"真倒霉，这条老腿又不听我使唤了！"

"卓沃尔，我正想要给你一个奖励。这次的提拔对你的职业生涯来说是非常重要的。"

"我知道，不过，当我的腿不听使唤的时候，我无法让我的职业生涯离开地面。哦，我的腿！"

"你是说你不能执行这项任务吗？"

"哦，不，我根本没有这样说。我想要去完成这项任务……为了牧场！"

"就要这股劲头。"

他勇敢地尝试着恢复腿的知觉，把自己从地面上举起来。先抬一条腿，再抬另一条腿。不过，当他四条腿都站立起来之后，他又像一辆自行车一样砰的一声摔倒了。

"哦，好痛！也许你最好独自一个人去。"

"事实上，我没打算去，我们需要有人留在总部，去，呃，处理通讯方面的事务。"

"嗨，这个工作我可以做。"

"这不是你能做的工作，所有这些电子设备都非常复杂，你有可能会把鼻子伸进一个插座里，把自己烧焦。不，我们不能冒险把你留在这里，这太危险了。我认为你可以更开心一些，到荒郊野外去监视那群郊狼。"

我等待着他摆脱痛苦，跳起来去执行任务。但他却没有挪动。我叹了一口气，向旁边走开几步。"好吧，卓沃尔，让我们试试谈判这个办法吧。你怎样才愿意去执行这项任务呢？让我们谈谈红包、奖励和利益……你想要哪一种？"

"天啊，我不知道，让我想一想。"他坐了起来，进入沉思默想之中。"什么都可以吗？"

"只要合理。"

他又思量了一会儿，然后露出了一个微笑。"只要满足我一个小小的愿望。"

"不是一个大愿望？"

"不是，它微不足道，你甚至都不会注意到它。"

"唔，"我走到他的身边，目不转睛地注视着他的眼睛，"好吧，我满足你一个小小的愿望。我们以我们牛仔犬的誓言来同意你这项请求。你的小愿望是什么？"

"我的小愿望是……"他把目光转向天空中的云彩。"我的愿望是你去执行这项任务，把我留在这里，因为我的腿正痛得要命。"

他的话就像闪电一样击中了我，在我的耳后炸起，沿着我的脊椎骨蜿蜒向下，一路传递，直达我的尾巴末梢。我说不出话来，只是瞪着这个小矮子，我无法相信他会这样对待我。

"卓沃尔，你这是欺诈！"

"是的，不过我们已经成交了。"

"这是一个卑鄙的欺诈手段，这是阴谋诡计，这是阴险的花招。我原以为只有猫才会这样做，根本没想到你也会这样！"我向旁边踱开几步，"卓沃尔，我们随时可以重新谈判。"

"不，谢谢。"

"我们让头脑冷静一段时间，然后再回到谈判桌前，你认为呢？"

"你已经发下了你牛仔犬的誓言。"

"我知道，不过……"我走回到他身边，冲着他的脸喊叫起来，"你不知道吗？这有可能是一项非常危险的任务！你真的想让你的指挥官走上这条受伤之路吗？"他没有回答，我受到了挫败。"好吧，你这个小骗子，我会去执行这项任务。不过这一切会永久地写进你的档案里！"我转过身，昂首阔步地走开了。"我再也没有什么话可对你说了。"

"我从来没有想过会看到这一天。"

"什么？"

"我说，我希望你度过美好的一天。"

"我不会度过美好的一天，别告诉我要怎么做。"

"嗯，那么就度过糟糕的一天吧。"

"我会的。"我向后转身，朝他走过去。"我有一个主意。剩饭的权利怎么样？看，我们可以把两三天的剩饭权利一起考虑进来，并且……"他摇了摇头。"正如我所说的，与一个骗子讲道理是没有前途的。这就是你，卓沃尔，一个悲惨可怜的小骗子。再见。"

我转过身，大踏步地走开了，留下那个嘀嘀咕咕的小家伙自生自灭。很

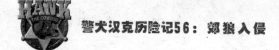

好，我可以去完成这项任务。我因为艰巨的任务而变得顽强，越艰巨越好。当你做到牧场治安长官这个职位时，你咽下的是酸涩苦辣，吐出的却是甜美芬芳。

我高高地昂起头，迈着大步离开家与粗麻袋床，离开舒适与闲逸，还有其他已经腐蚀了卓沃尔并将他变成一个娇生惯养的胆小鬼的东西。我可不想变成他这个样子。我为自己打气，准备去执行这项新任务。而即将与一群郊狼战斗的兴奋感充满了我的……

你们知道吗？它让我内心充满了恐惧，这就是充满了我内心的东西。当我抵达器械棚时，我，呃，退一步想了想，接着又退了两步和三步想了想。我迅速地向四周瞥了一眼（没有人注意我），然后冲进了器械棚里。

嗯，为什么不呢？即使郊狼袭击了鸡舍，那又怎样呢？我在乎鸡们吗？不，他们不是我的鸡。突然，我犹如醍醐灌顶。显然，此刻在这项调查任务当中我需要做的就是：躲藏在器械棚内，你们知道，让事情自行解决。

计划，我们需要制定一个详细的计划，而器械棚正好提供了某种宁静的氛围，适合进行长时间的深思熟虑。如果郊狼发动袭击，我就可以在这里通过一个窥视孔把整个情形观察清楚。想一想我能够搜集到的关于他们的武装力量与作战策略的有价值的情报吧，那可是非常重要的情报。

所以，是的，现在是躲藏起来静待机会并在器械棚内重新集结的时机。不要忘了，这里是卓沃尔的秘密基地，是他逃避生活与其他一切棘手问题的避难所。如果它对卓沃尔起作用，天啊，它或许也会对我起作用的。

于是，我蹑手蹑脚地向器械棚内最靠后、最黑暗、灰尘最厚的角落里走过去，走到了萨莉·梅存放她祖母的古董家具与鲁普尔收藏的有着帆布篷顶的独木舟的漆黑地方。在那里，在寂静当中，我找到了和平与安宁，没有一丝一毫的内疚感。

好吧，让我们坦率地说吧，我感到有些内疚。不过，我可以忍受它，没有人会在这里找到我，没有人会……

"嗨，伙计，从那里出来！"

呃？除非我的耳朵欺骗了我，我刚刚听到了一个声音，有可能是一只多管闲事的公鸡的声音。不过，这是不可能的，我藏得好好的，不可能被敌人的雷达探测到。我在黑暗的阴影中更低地趴下来。

"伙计，我看到你在那里了，所以，你最好出来。"

我把嗓音伪装了一下，大声说："我们这里没有狗，走开。"

"哦，如果你不是一条狗，你是什么？"

"我……我是器械棚里的怪物。"

"哦，我不相信有怪物。"

"嗯，我也不相信公鸡，走开。"

"你怎么知道我是一只公鸡？"

我畏缩了一下。"只是大胆的猜想。"

"嘿，你刚刚掉进了圈套里，伙计。是你自己走出来呢，还是想让我进去把你赶出来？"

天啊，我暴露了，站了起来，向巨大滑门之间的透光缝隙处走过去。在那里，一只长尾巴、红眼睛的公鸡正站在两道门的缝隙当中，向里面窥探着，脸上挂着傲慢的讥笑。正如我所猜测的，那是克拉克。

我向他走过去，很不友善地瞪了他一眼。"你根本没有看到我走进来。我查看过了，你当时根本不在附近。"

他咯咯地笑起来。"是的，我是瞎猜的。好吧，不过我找到你了，是不

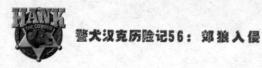

是？我抓到你躲藏起来了，是不是？嘿嘿。"

"你没有抓到我，我也没有躲藏。"

"那么，你在那里面干什么，呃？"

"奉告你一句，我正在浏览报告，安排下半月的计划。"

"是吗？我可以打赌。"

"你想要干什么？我很忙，不想被打扰。"

他向我靠近一些。"好吧，但太不幸了，因为麻烦就要上门。那些郊狼们又在嚎叫了，我想让你去听一听。"

"克拉克，我们曾经研究过埃尔莎关于郊狼的报告，我们已经决定……"

"好了，狗，这一次不是埃尔莎的报告，这是正在发生的事情。"

我不想卷进鸡的事务当中。不过在他的声音中流露出焦灼，于是我离开了器械棚，跟在克拉克的后面，我根本不知道……哦，你们就会看到的。

第九章

鸡胸骨与
鸡大腿

我跟着克拉克走到器械棚西侧。在那里，让我感到惊讶的是，我看到二十七只来亨母鸡正聚集在一起。她们没有咯咯地叫或者发出别的动静，这让我感到奇怪。在通常情况下，这些谷场上的鸡总会有点儿闹腾，但这会儿她们没有。她们似乎正在眺望着北方，朝着远处的大峡谷的方向。

听到我们的脚步声，她们转过头来，用忧心忡忡的眼神望着我。这群不会说话的鸡似乎知道我……（我已忍不住我的口水）……不怀好意或者心怀其他邪念。克拉克想必是注意到了她们的担忧，于是说："你们别担心，他是这里的看门狗。我想让他听听。那群郊狼还在那里吵吵嚷嚷吗？"

那些母鸡点了点头。有几只母鸡用翅膀指向北方，她们竖着脑袋聆听着。我侧起右耳，调整全面搜集信息的设置，将它转向北方。起初，我只听到了风的低语声，不过随即……我听到了，一个非常奇怪的声音。我的意思是说，这种声音令我毛骨悚然。

我应该描述一下这种声音吗？我猜我们可以试一下。下面就是我听到的内容，这是一种低沉而危险的声音，不断重复这样的词句：

鸡叉骨！

鸡大腿！

鸡胸骨！

鸡腿，鸡腿！

鸡叉骨！

鸡大腿！

鸡胸骨！

鸡腿，鸡腿！

克拉克把目光转向我。"你有什么看法，伙计？"

"我得说他们是郊狼，也许有八只或十只，他们想制造麻烦。我的意思是，当他们开始吟唱那些……啧啧……鸡大腿与其他的身体部位时，他们就存心不良了。"

"说得对，现在你知道这件事不是我编造的了吧。"他竖起了脑袋，用一只红红的眼睛盯住了我，"喂，你的舌头正在流口水，怎么回事，你得了狂犬病还是怎么啦？"

我把后背冲着他，这样他就不会看到……这样他就不会被分心的事物分心了。"克拉克，我们可以直奔主题吗？"

"嗯，如果你不再流口水，我就不会担心了。这看起来可不怎么好。"

我把口水都咽下去，然后转过身来。"克拉克，郊狼们正在酝酿着袭击鸡舍的行动。萨莉·梅不会喜欢这个的。"

克拉克踮起脚尖上下摇晃着。"我一个小时之前就告诉过你了，你打算怎么办？"

我的大脑在飞快地思索着。"需要有人到那里去查看一下情况。我正在

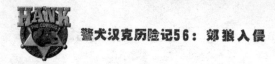

考虑……嗯，也许你愿意当一名志愿者。"

"嘿嘿，不，在这里你个子最大，孩子，快作好准备，去履行你的职责。当你离开以后，我会与这些女士们做我们自己的准备工作。祝你好运……别去那里追兔子。"他转向母鸡们，"好了，你们全都过来集合，有危险潜藏在我们身边，我们打算进行灾难演习。准备好了吗？开始！"

你们会以为有一堆炸弹落在了鸡群当中了。先是到处都是震耳欲聋的尖叫声和拍打翅膀的声音，突然，这些歇斯底里的鸡们开始向着四面八方东奔西跑，嘴里尖叫着："灾难！救命！快跑！地震！火灾！救命！天塌了！"

这太疯狂了，不过，这恰恰是你能预料到的会从一群没有大脑的鸡身上看到的行为。如果不是我及时闪开，他们就会从我的头顶上匆匆踩过去。这说得通吗？他们付钱给我让我保护这些傻瓜。不过，在这里，他们……哦，算了。

我离开这群尖声叫嚷的、骚乱不安的鸡，一路向北方小跑着。我没想到会是这样的结果。我与那些野蛮的家伙们打过许多次交道，其中绝大多数都不令人愉快。

看，郊狼看起来像狗一样，他们能像狗一样吠叫。有时候，他们的行为也像狗，不过，他们不是狗。喂，如果一个家伙碰巧遇到了瑞普与斯诺特，走运的话，他会得到许多乐趣。那两个家伙喜欢唱歌、摔跤、在死臭鼬身上打滚儿、与獾搏斗，还喜欢举行打嗝儿比赛，我曾经与他们在一起开怀大笑过。

他们是好孩子，不过，他们有着令人厌恶的变成坏孩子的习性，往往在你觉察之前，这种事情就发生了。当他们黄色的眼睛开始闪烁着邪恶的光芒时，当你看到他们的牙齿在阳光下闪闪发光时，你就知道现在是掉头往回跑

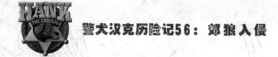

的时候了……越快越好。

然后就是可怕的斯克兰仕。斯克兰仕从未想过当一个好孩子，他是一个坏到骨子里的家伙，他把所有的精力都用在坚守邪恶之路上了。我非常了解这个家伙，他喜欢鸡肉晚餐，他讨厌牧场狗。正如你们所猜测的那样，我与斯克兰仕相处得一直不太融洽。

哦，在我与斯克兰仕打交道的过程中，还有一个有些令人尴尬的细节。他有一个漂亮的妹妹……嗯，事情是这样的，当我与郊狼小姐彼此注视着对方的眼眸时，爱的火花会向四面八方飞溅。如果斯克兰仕碰巧在附近，这就会，呃，非常尴尬。

看，一条狗永远也不应该与一只野兽的妹妹坠入爱河，我知道这一点，我知道这是一场永远也不应该发生的恋爱。不过……嗯，一个人不可能总是控制得住自己的感情，即使他是牧场治安长官。

噢，可爱的郊狼小姐，我梦中的郊狼公主！一提到她的名字，我的大脑会因为甜美的思绪……危险的思绪而晕眩。

不过，我不允许自己沉浸在浪漫之中，我还有工作要做。我正在执行一项任务，我的确不需要……天啊，她真漂亮，她的那一身毛发是你曾经见过的最美丽的……我的确不需要被任何事物分心。

总之，现在是集中精力的时候了。工作，职责，纪律。

我向北越过一条沙沟，迈着轻快的脚步朝着发出鼓声和歌声的方向走去。它们似乎是从靠近深谷的入口处传来的，那是一个最黑暗的地方……我倒吸了一口凉气……会让任何一条狗觉得他不属于那里。我们在这里所说的是一个荒蛮的、诡异的地方，是野兽们的家。

这太荒唐了！我为什么要这么做？为了保护一群呆头呆脑的鸡？我才不

在乎什么鸡呢！我的口水又来了，事实上……不要介意。

萨莉·梅。我这么做是为了萨莉·梅，为了修复我们之间破裂的关系。

我继续向前走，越来越深地进入到任何一条狗都不应该独自探险的荒凉与陌生的土地上。不过，老兄，这时的我正是独自一人。在我整个一生中，我从来没有感到如此孤独。

此刻，郊狼们的声音越来越响亮了。我放慢脚步，朝着一排雪松匍匐前进。然后，我分开树枝，低头眺望着下面的峡谷。下面的景象让我屏住了呼吸，我认为我的心脏甚至也停止了跳动。

哎呀，那是郊狼，没错，七只郊狼，他们似乎正在准备着进行大破坏。还记得吗，在牧场上，我曾经听到过的微弱的合唱声？嗯，这里就是歌声的来源——七只嗜血的野兽正绕着一个大圈子蹦蹦跳跳，竭尽全力地叫喊着。来，听听这首歌。

郊狼们的小鸡颂歌

小鸡，抓住小鸡，抓住小鸡，小鸡！
小鸡，抓住小鸡，抓住小鸡，小鸡！

鸡叉骨！
鸡大腿！
鸡胸骨！
鸡腿，鸡腿！

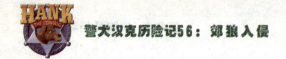

鸡叉骨！

鸡大腿！

鸡胸骨！

鸡腿，鸡腿！

好吃，好吃，吃掉他们，吃掉他们。

好吃，好吃，吃掉他们，吃掉他们。

这不够可怕吗？这是我整个一生中见过和听过的最可怕的事情。我的意思是，他们用完美的节奏唱出了这首歌，每一部分都衔接得很好，所以，我们可以说它有着某种令人着迷的效果……催眠的效果。我的意思是，那些词汇与韵脚……那些歌声与鼓声……它们融合在一起，进入我的脑海里，并且……

口水滴答。

滴答，滴答，滴答。

我有点儿讨厌透露接下来的内容。事实上，我不打算这样做。我为什么要递交一份关于我……嗯，深入险境、脱离现实、远离文明、擅离职守的报告呢？我不应该报告这件事的。对我而言，它除了给我惹上麻烦以外一无是处。谁想要麻烦呢？

什么事情都没有发生，对吧？事实上，我并没有看到郊狼，他们也没有做着我刚刚说过的事情。实际上，我也没有看到任何一只郊狼。我什么都没有看到，几乎什么都没有看到。

好吧，也许我看到了一些东西，不过，其实他们是……哈哈……你们不

会相信的，不过，那些生物其实是草原土拨鼠。我没开玩笑，哈哈。七八只
肥肥的草原土拨鼠正绕着圈子奔跑着，歌唱着：

> 绿草！
>
> 草籽！
>
> 草根！
>
> 挖洞，挖洞！

听起来相当可爱，是不是？的确是这样的。他们是非常珍稀的。七只小
家伙正在草原上玩耍着，享受着身为草原土拨鼠的乐趣。哈哈，他们的举止
没有任何一处会让你联想到……嗯，鸡肉晚餐……口水又来了……或者反社
会的行为与袭击鸡舍的计划，没有任何疯狂与不正常之处。我说的是实话。

所以，没有什么可报告的了，你们认为我们，呃，把这个故事倒回去，
回到我与克拉克在器械棚里的对话场面怎么样？这样做可以吗？很好，准备
好，故事要倒回去了。

卡卡，呼呼，嘎嘎，刷刷，吱吱，嗒嗒。

好吧，我们已经完成了故事倒回程序，我们回到了器械棚前。在那里，
在右侧，你们可以看到克拉克，公鸡首领。而在左侧……嗨，那是我！这个
现代科技真是神奇，不是吗？我的意思是，它允许我们剪切、粘贴我们的经
历，并删除那些……嗯，令人不愉快或者令人感到难堪的小片断。

我与克拉克站在那里，他跟我说他听到了草原上郊狼的嚎叫声，嚎叫着
什么鸡大腿与鸡胸骨……啧啧……哈哈……于是我告诉他："克拉克，你在
做梦，我不相信你所说的任何一个字。他们有可能只是一群草原土拨鼠。"

就这样，我没开玩笑。那一天没有任何其他事情发生。然后，天啊，我猜我们来到了故事的结尾。

哈哈哈。

哈哈。

哈。

等一下！不要走开，还有更多的内容。

第十章

一条狗心中的阴暗面

还记得我们对现代科技所作的评价吗？它允许我们编辑我们的工作，并剪切掉我们不喜欢的内容？它给我们机会重新讲述老故事，并赋予那些故事我们想要的样子。

不过，你们知道吗？这只是"谎言"的一个奇幻名称。你不能剪切、粘贴、编辑或删除真相。真相不是录音带上的一个词汇或一个信号，它是某种定义你本质的东西。如果你说出了真相，你就是一条诚实的狗。如果你没有，你就是一个不诚实的讨厌鬼。

伙计，这不是我的本性。

哦，老兄，我不想结束这个故事。你们会对我感到失望的。你们会认为……不过，不要介意，让我们一劳永逸地把它解决掉吧。

请抓住一些坚固点的东西。

唉。

好吧，记得我们曾经说过的一条狗心中的阴暗面吗？嗯，在一条狗的心中有黑暗和诡异的角落。在最黑暗的角落里，你会发现一个画面……一只烤鸡放在盘子里。

就是这个。牧场狗被雇来保护小鸡们，不过，我们常常生活在煎熬之中，因为……**我们想要吃小鸡！！**你们碰巧注意到所有那些在我说话时不经意间发出来的流口水的声音了吗？嗯，它们不是偶然间发出来的。它们突然间冒了出来是因为……这很难……因为"鸡"这个词导致我的嘴巴流口水了！

为什么？我不知道。这不是我的本意。我不想走来走去一心只想着鸡肉晚餐，我还有令人尊敬的工作要做。我想要成为一条好狗。这种事只是自然而然地发生而已。还有，如果你想要刺激一条狗，你所要做的就是说："鸡，吃鸡，吃鸡，鸡！"这会把他推上绝路，让他变得完全疯狂起来。

就是这个，丑陋的真相。听那群野兽吟唱了两分钟之后，我被推上了绝路——不仅被推上了绝路，而且彻头彻尾、从头到脚地坠落到了牧场狗永远也不应该坠落的黑暗当中了。

我说过你们会感到失望的。抱歉。我想要避开这种情形，我不想透露这件事，不过……还是继续往下说吧。

我心中有某个东西突然折断了。口水涌进我的嘴里，就像一条汹涌的河流。我的眼珠在一圈圈地打转，我听到我脑海中布谷鸟时钟响了十三声。"布谷，布谷，布谷！"

我还没有意识到怎么回事，就发出了一声令人心惊胆战的咆哮声，从藏身的雪松后面跳出来，叫喊着："等等我，我想要加入进来！"我一路跑下筑堤，加入到野兽的圈子里。

他们都……嗯，目瞪口呆地看着我，感到十分震惊。音乐声（或者不管它是什么）停止了，舞蹈与叫喊声也停止了，七双黄色的郊狼眼睛转向我。我叫喊着："嗨，伙计们，在我的内心深处，我一直想要成为一只野兽。而现在，我来了！"

我原本希望他们会……嗯，爆发出热烈的欢呼声，或者至少鼓鼓掌，但他们没有。这本来应该是一个警告，不过，我的头脑此刻已经不正常了。

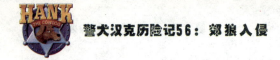

看，当你在脑海中想着吃鸡的事情时，常识就卷起了铺盖，离家出走了。

郊狼们交换了一下困惑的眼神，然后斯诺特向前迈了一步。"是你，汉克？你是我们以前所认识的那条牧场狗吗？"

"说得对，伙计，只是现在事情有些不一样了。我辞去了我的工作，看，我又成为兄弟们中的一员了。"

"汉克不再守护牧场了？不再守护鸡舍了？"

"是的，先生。我听到了你们的歌声，嗯，这改变了我的生活。我准备加入进来，这是一件好事，呃？的确如此，所以……嗯，让我们去吃一顿鸡肉大餐吧。你们还在等什么？"

没有人挪动一下，所有的眼睛都转向同一个方向，朝着……哎呀！你们知道，在兴奋当中我几乎忘记了斯克兰仕有多么巨大、多么丑陋了。不过此刻，这一切都回到了我的头脑里，就像两百只碟子摔碎在水泥地上。

那家伙硕大无比，比其他所有郊狼都高出整整一个脑袋。他的脸上有伤疤，耳朵上有一个被咬掉的缺口；他长长的尖牙闪着寒光，一双眼圈红红的眼睛几乎可以烧焦树皮。

他从狼群之中向我走过来，脚步轰隆、轰隆、轰隆，其他的郊狼们都向后退缩着，为他让出一条道来。没有一种声音发出来……事实上，有很多种声音发出来：他的脚步声，还有我的膝盖互相碰撞的声音。

我倒吸一口凉气，也许我的这种想法并不完美。

他一边围着我绕圈子，一边打量着我。然后，他停下脚步，用他那双一眨也不眨的黄眼睛炯炯有神地瞪着我，用威胁的咆哮声说："汉克是个大傻瓜，离开家，砰砰。"

我积足力气让自己说出话。"是的，嗯，这是一种突如其来的冲动。

看，我原本是到这里来监视你们这些家伙的，不过随即我就听到了你们的歌声。突然我想到，天啊，当一只郊狼不是很有趣吗？没有工作，没有职责，整日大睡，然后出门猎杀几只小鸡。嗨，多棒的生活啊！总之，我来了，不管准没准备好，哈哈。"

没有人大笑或是微笑，他们只是在瞪着眼睛看。

我觉得有必要继续说下去。"看，牧场狗不允许吃鸡。不过，如果我加入到你们这些家伙的……"

斯克兰仕举起了他的爪子，示意我安静。"汉克，闭嘴。"

"闭嘴？嗯，我想我可以闭嘴，不过，让我赶快指出来……"

他牢牢地按住我的嘴巴，把头转向其他的郊狼们。"郊狼兄弟们来投票决定吃鸡还是吃牧场狗！"

什么！投票决定吃鸡还是吃我？嗨，我刚到这里来，这是什么情况？我想要把我的观点表达出来，不过斯克兰仕牢牢地夹住了我的口鼻，我所能发出的声音就是："唔唔，唔唔，唔唔，唔唔。"

斯克兰仕继续说。"谁想吃鸡，把右爪举起来！"郊狼们面面相觑，没有人举起爪子。嗯，这让我非常不安。不过，就在这时，斯诺特举起了他的左爪（他总是分不清左右，如果你们回想一下的话）。接着，一个又一个，其他的郊狼们也举起了爪子。最后，六只郊狼都举起了他们的左爪。

太好了！他们投票不吃我。

斯克兰仕松开了钳制我的爪子，开始数票。"一，四，星期二，三，放下爪子！"郊狼们放下了爪子。"现在，谁想吃牧场狗，举起右脚！"

斯克兰仕举起了他的爪子，他是唯一一个举起爪子的家伙。

哇噢！天啊，害我担心了足足有一分钟。我的意思是，你永远也不知道

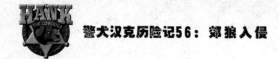
投票的结果会是怎样。当你以为你在投票这个环节取得了很好的成绩时，你却很有可能最后得到一个出乎意料的讨厌结果。投票者是变化多端的。

投票者是喜新厌旧的。

投票者是朝三暮四的。

你们知道，有一个词语能很好地形容那些投票者的本性，指出他们往往在最后一秒钟改变他们的决定。这是一个非常恰如其分的好词，不过，我记不起来了。

投票者是翻天覆地……反来复去……反脸无情……

等一下，投票者是**反复无常**的，就是这个词。看，这是一个多么恰当的词汇啊。投票者是反复无常的，在最后一秒钟到来之前，你们永远也不知道投票的结果会是怎样的，尤其是在郊狼们进行投票表决的时候。我的意思是，那些家伙们……嗯，我们最好直言不讳，他们比污垢还要愚蠢，因此，你们永远也预见不到结果。

不过，我似乎是赢得了大选。我认为现在是我，嗯，发表一个演讲的时候了。

我向那些选民们露出了灿烂的微笑。"伙计们，对我来说今天是一个伟大的日子。当我还是一条小狗的时候，我一直梦想着从家里跑出来，变成一只野兽。你们的生活方式中的某个东西拨动了一只多愁善感的小狗的心弦。你们可能想知道它是什么。"

他们只是坐在那里，用空洞的眼睛注视着我。没有微笑，没有皱眉，根本没有任何表情。这几乎让我认为……嗯，他们对我的演讲不感兴趣。不过，谁会相信这一点呢？我的意思是，这是一个非常特殊的时刻，我有一个非常重要的信息想要和他们分享。

我继续发表着演说。"你们知道它是什么吗？我来告诉你们吧。你们文化当中吸引整个世界的小狗的那个部分就是……你们完全是毫无用处的。我的意思是，你们在荒郊野外过着多棒的生活啊！你们全都是游荡者！你们从不工作，从不为这个世界的利益奉献出一些什么。你们终日大睡，在日落时分起床，对着月亮嚎叫，抓挠着跳蚤。然后出门去，被臭鼬喷射一身毒气，与獾格斗，打败山猫……

伙计们，你们为整个世界的小狗们设定了一个标准。你们的歌声是传奇。我不需要告诉你们，你们的小鸡颂歌是我曾经听到过的最令人感动的歌曲之一。在我来到这里之前，我只是一条普通的狗，而现在……我站在你们面前，一条改头换面的狗，一条从心底为小鸡痴狂的狗。你们对这个世界产生了多么巨大的影响啊！"

我气沉丹田，开始阐述演讲的结论部分："先生们，朋友们，尊敬的来宾们……非常感谢你们的信任投票。多年以来，你们是整个得克萨斯州狗们的灵感来源。明天，下个星期，下个月，当我遇到一只梦想成为游荡者的小狗时，我会告诉他以我们的郊狼兄弟为榜样，他们把游荡行为发展成一门学问。我会告诉他……"

突然，我注意到我的听众们……嗯，他们似乎全都睡着了。我的意思是，他们彼此叠压在对方的身上，就像一袋袋饲料，打着呼噜、喘着气、蠕动着嘴唇。天啊，我对自己的演讲过于投入了，全然没有注意到这一点。也许我需要提高一下嗓门，不过，在我继续说下去之前，斯克兰仕拍了拍我的肩膀。

我转过头来，看到他把一只爪子竖在嘴唇前，说："嘘。"然后，他面对着那些不省人事的兄弟们，大声叫道："嗨！"六只睡意沉沉的野兽瑟缩

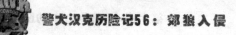

了一下，睁开了眼睛。

斯诺特向四周环视了一眼，跳了起来。"斯诺特改变主意了。不投吃鸡的票了，吃狗！"

其他的郊狼嘟囔着，交换着眼神，点着头。我瞠目结舌，看着斯诺特。"嗨，你不能那么做！我光明正大地赢得了大选。"

斯诺特点了点头。"汉克说得太多了，汪汪声让郊狼们都昏昏入睡了。郊狼们要吃掉汉克，好让他闭嘴！"

"斯诺特，你已经投了票，如果你现在改变主意……嗯，这就是作弊。"我转身面对着斯克兰仕，"斯克兰仕，他们想要篡改选举！"

我说这番话是希望能够让他们感到羞愧。唉，我失败了。所有七只郊狼全都邪恶地狂笑起来。斯克兰仕重重地击打在我的后背上。"哈！郊狼一直在作弊，郊狼喜欢作弊甚至超过吃鸡。呵呵！"

"是的，不过……斯克兰仕，这太过分了。我刚刚发表了一通情真意切的演讲，歌颂了野兽的文化。好吧，也许它有点儿长，不过，你们真的要因为那个而吃掉我吗？"

我屏住呼吸，等待着他的回答。斯克兰仕点点头。斯诺特点点头。他的兄弟瑞普也点点头。其他的郊狼全都点了头。

我倒吸一口凉气。

老兄，显然我走进了一个陷阱里，让自己陷入了这种没有欢乐结局的混乱局面当中。

第十一章

被投进郊狼
的地牢中

嗯，当一条勇敢的牧场狗发现他自己处于不利的境况中时，他只有两个选择：战斗或者逃跑。自然而然地，我的第一个想法就是体面地下台。

不过接着，我仔细地打量了一下斯克兰仕，看到他那橡树般邪恶的身躯正凌驾于我的头顶之上。他正用可怕的眼神盯着我，咧嘴笑着，舔着他的嘴唇……嗯，这让我的选项缩减为一个。我必须依赖于我惊人的速度，开启所有的涡轮，穿过整片郊狼的领地跑回到牧场上。

正当我准备启动节流阀时，我觉得自己突然被凌空提起来，横架在几只身强力壮的郊狼的肩膀上。他们看起来真的是要绑架我，并把我带回到郊狼村——在那里，我猜测他们计划把我当成晚餐吃掉。

我竭力发出了抗议："斯克兰仕，这是暴行！我要求一个听证会，狗也有权利！"

我的话引起了一阵粗鲁的狂笑声、叫嚣声、窃笑声与其他一些嘲笑的声音。我又尝试了另一个办法。

"斯诺特，想一想我们共同度过的美好时光吧。还记得那一天我们在死臭鼬身上打滚儿并唱着'腐肉'这首歌吗？你还记得吗？那是非常快乐的时光，斯诺特。不要让它们付诸东流。"

更多粗野无礼的大笑声。

"好吧，我别的什么也不说了，就谈一谈所有动物之间的兄弟情谊吧。你们知道，我们是非常相似的动物，狗与郊狼。想一想吧，伙计们，我们都有四条腿、一条尾巴、两只耳朵、两只眼睛、毛茸茸的四肢。我们几乎一模一样，甚至可以说我们是亲戚。我确信你们都会同意这一点，吃掉你们的亲戚是一个非常可怕的行为，是不是？跟我谈谈，伙计们。"

"汉克闭嘴！"

"好吧，让我们尝试一下另一个的办法。"

"汉克闭嘴！"

嗯，这让对话进行不下去了。当他们不断地告诉你闭嘴时，你开始觉察没有人在听你说话了。除了休息一下享受这趟旅行之外，我别无选择，只是，我不喜欢这趟旅行。谁喜欢到遍地是郊狼的乡村里去旅行呢？

我们抵达的时间比我希望的要提前很多。郊狼村坐落在一个又深又黑的大峡谷里面。其实这里也谈不上什么村落，只是地面上有许多洞穴、崖壁上有许多洞窟而已。半英亩的范围之内散落着许多惨白的骨头。

你们想知道有什么东西会动摇你们的信心吗？尝试一下半英亩惨白的骨头。

当我们迈着沉重的脚步走进郊狼村时，其他的郊狼们纷纷从洞穴里和洞窟里涌了出来，叫喊着，欢呼着。第一个迎向我们的是一只上了年纪、满脸皱纹、风烛残年的郊狼，他有一只跛脚……也许有两只。他跛得相当厉害。我认识这个家伙，他是"月圆之夜吃很多兔子内脏"首领，斯克兰仕和郊狼小姐的父亲。

我以前曾经见过他，他看起来相当友善……当然是从令人毛骨悚然的野兽角度来说。我有一种感觉，他喜欢我，并且我们可以开诚布公地谈谈。

他走过来，向我露出了灿烂的微笑。"啊哈，牧场狗回到郊狼村来了！"

"嗨，首领，很高兴再次见到你。听着，你得同你的人谈谈，我们之间产生了小小的误会。看，我加入到他们中间。你知道，想要偷猎一两只小鸡，我认为我能够做出一点儿贡献，我没有开玩笑。"

那只老郊狼点点头，笑容更加灿烂了。"汉克能做出一点儿贡献。汉克能做晚餐，哦，乖乖！"

嗯，又一个计划泡汤了，我并没有多少计划可用了……只剩下一个。我用眼睛在郊狼群中搜寻着，希望能找到郊狼小姐。还记得郊狼小姐吗？曾经有许多次，她帮助我从她嗜血的亲族爪下逃脱。我相当确信她会再救我一次。我可爱的郊狼小姐！

我在狼群中搜寻着……我的心开始沉了下来。她不在那里！我咽了一口唾沫。郊狼小姐是我最后的希望了，而现在……

倒吸一口凉气。

郊狼村的所有居民看上去都因为见到了我而兴奋不已，不过我知道这与我的魅力、个性、英俊的相貌和动人的微笑无关。不，他们庆贺我的到来完全是出自其他原因。显而易见，我已经山穷水尽了。

斯克兰仕和他的朋友们将我扔到了崖壁上的一个洞窟中。它类似于某种等候室。当整个村落开始进行晚餐庆祝时，他们把他们的晚餐客人留在这里。我希望他们会忘了派驻一个岗哨，不过，他们没忘。他们留下了一个面无表情的大恶棍守在出口处，我听到一只郊狼管他叫斯迈士[1]。

我在牢房里绕着圈踱了几分钟，希望能找到一扇窗户、一道裂缝、一个

---

[1] 斯迈士：这个名字的英语为Smash，意思为"击碎"。

秘密出口或者任何一个能让我逃出去的失守之处。不幸的是，我没有找到。于是我坐下来，又花了几分钟的时间来打量那个守卫的轮廓。

他有一个不同寻常的脑袋，比任何普通郊狼的脑袋都要大。他的耳朵与鼻子也不是尖的。他的身体看上去更沉重，他的脚更巨大，不像普通的郊狼爪子那样有一道狭窄的缝隙。

我思量着和这个家伙谈一谈——我的意思是，我还能做些别的什么事吗？——不过，他看起来并不怎么友善。嗯，谁想和一个叫"击碎"的家伙聊天呢？

于是我只是坐在那里，聆听着郊狼们的叫嚣声与呼喊声，认为自己的好运气已经完全用光了。就在这时，让我吃惊的是，我听到斯迈士在说："你知道，伙计，你做的事真的很愚蠢。"

我向四周环视着，以为他在同别人谈话。不过，我只看到我们两个在这里。"你是在同我说话吗？"

他转过身来，瞪着我。"我正在同你说话，是的。你愚蠢的举止令我气愤。"他站了起来，向我走过来，"放弃你的牧场，你期望得到什么？一顿鸡肉大餐还是别的什么？"

"嗯，我……"

"愚蠢，太愚蠢了！你有一份好工作、一个家，有关心你的人。你轻而易举地就得到了这些，而你却把它们全都抛弃了。"

"看，我本来一直很正常，但一听到他们在唱小鸡颂歌就失去理智了。不知为何……好吧，这是我曾经做过的最愚蠢的事情。我不知道这一切是怎么发生的。"

他用爪子戳着我的脸庞。"我知道这一切是怎么发生的。我相当清楚地

知道这一切是怎么发生的，因为我也这样做过。"

"你？"我更加仔细地打量着他不同寻常的脑袋与身体形状，"等一下！你不是郊狼，你是一条狗！"

"是的，我知道你的故事，因为这也是我的故事。"

"你是怎么到这里来的？"

他耸了耸肩。"愚蠢，像你一样。我的生活曾经很棒，但是，这就够了吗？不，我想得到更多。乐趣，刺激，危险。我从家里跑了出来，和郊狼们混在一起，帮助他们袭击鸡舍。"

他开始绕着我踱着圈子。"噢，我是一个非凡的人才！郊狼们没有为难我，因为，嗯，我有技术。"他举起一只巨大的爪子，注视着它，然后把它像锤子一样砸向一块岩石，将岩石砸成了碎片。他咧嘴笑了起来。"这就是他们叫我斯迈士的原因。"他的笑容消失了，"这一切都开始于一顿鸡肉大餐。它毁掉了我的生活。不过，更愚蠢的事情是……我再也无法忍受小鸡的味道了。它们尝起来就像金枪鱼。"

"没开玩笑吗？"

"是的，这不是很刺激吗？"他叹了一口气，"更糟糕的是，我可怜的妈妈整夜哭泣着入睡，一直想知道她自己错在哪里。不过，这不是她的错，这都是我的错。"他的眼睛盯着我，"看看你！如果你妈妈此刻看到你，她不会感到羞愧吗？"

我的脑袋垂了下来。"是的，她会的。"

我们之间出现了片刻的沉默，然后，沉默被远处郊狼的歌声打破了。那些歌词让我的脊背发凉。

小狗，抓住小狗，抓住小狗，小狗！

小狗，抓住小狗，抓住小狗，小狗！

好吃，好吃，吃掉他们，吃掉他们。

好吃，好吃，吃掉他们，吃掉他们。

斯迈士的眼光仿佛能在我的身上烧出洞来。"你听到了？"

"是的，我听到了。"

"他们不是在开玩笑。"他大步向我走过来，"你打算怎么办，像一只兔子一样坐在这里，让他们把你吃掉？"

"我不知道还能怎么办。"

他把鼻子戳到了我的脸上，咆哮起来。"越狱，你这个笨蛋！逃跑，逃得远远的！"

"不过，你正在把守着大门。"

这句话让他思量了片刻，然后他皱起眉头，挠了挠自己的脑瓜顶。"说得好，算了。"

好一会儿，我们两个谁都没有开口。然后，我想到了一个主意。"等一下！你可以和我一起走。我们一起逃离这里。"

"我？不，对我来说太迟了。"

"这并不太迟。想一想你可怜的妈妈。"

我立刻就知道我说错话了。他的眼神变得疯狂起来，眼睛也变得血红。他发出了嘶叫声："不要谈论我的妈妈！"像闪电一样，他跳到了我的身上，将我摔到地上。在可怕的几秒钟的时间里，他那锤子一样的拳头举在空中，离我的脸只有几英寸远。然后，他的眼睛变得模糊起来，他嘟囔着说：
"善良的老妈妈，你认为她会高兴再次见到我吗？"

"她当然会的。"

"你不认为一切都太迟了吗？"

"斯迈士，一位母亲永远也不会放弃希望。"

他向后退了一步，看了我一眼。这目光几乎让我的血液变成冰。我屏住
呼吸，想知道他会说些什么。

他说："让我们起身吧。"

我几乎由于如释重负而晕倒。不过，就在这时，斯诺特走到洞窟的入口
处，叫喊着："哼！郊狼用餐的时间到了。哦，乖乖！"

我看着斯迈士，他看着我。现在该怎么办？

第十二章

郊狼入侵
牧场

从斯迈士的脸上看不出他下一步打算干什么。我认为……嗯，就这样了，我完蛋了。不过，就在这时，他走向斯诺特，向他露出一个友好的微笑，举起了他的拳头。"看到这个了？"

斯诺特仔细地审视着。"嗯，相当大的拳头。"

斯迈士点了点头。"现在，看看这个。"

斯诺特的脸上挂着一个愚蠢的笑容，看着斯迈士在空中抡着拳头。在抡第三圈或第四圈时，斯迈士的拳头砸到了斯诺特的脑袋上，砰的一声！老兄，火星四射。老斯诺特就像一袋水泥一样瘫倒在地上，一动不动。

斯迈士的样子就好像这没有什么大不了的一样。他跨过那只昏迷的野兽，回头瞥了我一眼说："你要来吗？"

我吃惊地看着他。"那事你做起来轻而易举。"

"正如我所说的，我有技术。让我们离开这里，他们很快就会追过来的。"

我们爬出了那个洞窟，沿着崖壁向南走去。在下面，整个郊狼村都在等待着这场盛筵，他们正为此而举行着一场盛大的庆贺活动。毫无疑问，当他们发现他们的晚餐已经逃走了的时候，他们会感到极度失望的。

当郊狼村在我们的视野里消失以后，我们朝着牧场总部的方向加快了脚步。在我们身后，鼓声停止了。片刻寂静过后，我们听到了愤怒的野兽们的叫喊声与咆哮声。他们发现了我们空无一人的牢房，几秒钟之后，我们听到他们追过来的声音。

我们把奔跑的速度又提升了一挡。我瞥了斯迈士一眼，他看起来并没有担忧的样子。很好，因为有我一个在为我们两个人担忧就够了。我的意思是，我和郊狼打过许多次交道，知道你可以偶尔欺骗他们一次。不过你肯定不想被他们抓住。他们可不会轻易认输。

我们飞快地跑过了辽阔而空旷的牧场乡村，翻过一条条峡谷，越过一道道沙沟，穿过山艾树、仙人掌和猫爪草灌木丛。终于，熟悉的景象出现在我们的面前：邮筒、郡县公路，还有牧场总部。看到房子让我想起来，我还要为萨莉·梅做一项工作。

"斯迈士，你觉得鸡肉大餐怎么样？"

"它们尝起来就像金枪鱼。"

"好吧，你觉得金枪鱼怎么样？"

"我受不了那种东西。你为什么这么问？"

"只是确认一下。我必须去救那些鸡，我不想雇用任何一个会因为小鸡而分心的守卫。"

他大笑起来。"我不会的，兄弟。我在小鸡上面已经得到足够多的教训了。"我觉得他的目光停留在我的脸上。"你呢？"

我的口水又流了出来。"我正在设法摆脱他们的影响。"

他慢下脚步，用一只巨大的爪子拍了拍他脑袋的一侧。"看，这一切都取决于这里。只要把他们想象成金枪鱼就好了。"

"这正是问题所在。我爱死金枪鱼了！"

他发出了洪亮的大笑声。我不认为这有什么好笑的。

我们进入到总部地区，我开始寻找小鸡们的踪影。他们平时会待在外面啄食砂砾、追逐虫子。不过此刻，我没有看到一只鸡。这意味着他们躲进了鸡舍里，这是他们所能躲藏的最糟糕的地方。

我迈着沉重的脚步走进鸡舍。果然，他们都蹲在巢里，二十七只母鸡与一只公鸡，他们的脑袋都用翅膀遮盖着。

"牧场保安！郊狼警报！每个人都出来，我们正在疏散大楼！走，走，走！"

如果我投掷出一颗炸弹，其效果可与眼前这个场面相媲美。我的意思是，我的话音刚落，群鸡拍打着翅膀、呼喊着、尖叫着，撞上了墙壁和天花板，向四面八方乱窜着……就像杂技场一样。

克拉克撞到了墙上，又跌到了地上。他爬了起来："你来得正好，狗，你听说那条新闻了吗？英国人来了！"他开始绕着圈子奔跑起来，拍打着翅膀，尖声叫喊着。"英国人来了！英国人来了！"

我抓住他，摇晃了他一下。"英国人没来，不过，郊狼来了。"

"哦，好吧，我知道有什么人来了。总之，那些英国人是谁？"

"别管了，快带上你的母鸡们离开这里，跑到房子那边，躲进树丛里。"

他揉搓着自己的下巴，皱起了眉头。"你知道，伙计，我们不太喜欢树丛。"

我把鼻子戳到了他的脸上，叫喊着："离开这里，立刻！"

"好吧，你不用气势汹汹的。"

他拍了拍翅膀引起大家的注意，然后他设法让所有的母鸡都飞回到地面上并保持安静。之后，他带着她们走出了大门。令我感到惊讶的是，他们排成一列纵队向房子那边走过去。当郊狼大军抵达牧场总部北面的边界线时，

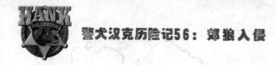

鸡们已经在房子旁边的树丛里藏好了。

我和斯迈士在庭院大门的旁边占据了一个有利的位置，等待着好戏的上演。正如我所预料到的一样，郊狼们径直地向鸡舍冲过去。我的意思是，那些家伙们以前曾经做过这种事情，轻车熟路：你想要钱，你就去打劫银行；你想要鸡，你就去打劫鸡舍。

嘿嘿，天啊，他们会大吃一惊的。他们在鸡舍里面找到的不过是十几根飘浮在空中的羽毛，连一只鸡的影子都不会看到。他们像一群愤怒的蜜蜂一样冲了出来，看到了我和斯迈士正坐在大门旁边。在令人心悸的一瞬间，形势看起来相当严峻，十几只愤怒的野兽对阵两只狗。

不过，就在这时……老斯迈士真是好样的，他把右拳当成锤子，开始在空中一圈又一圈地抡起来。郊狼们停下了脚步，所有的眼睛都转向斯克兰仕。

斯克兰仕怒气冲天。他的眼睛里冒着火花，他的牙齿吱吱直响。他向我们走来两步……然后，他停了下来，张开了鲨鱼一样的嘴，咆哮着说："汉克的妈妈穿着脏袜子！"

哇噢！立刻我就知道我们赢了。当敌人开始谈论你妈妈的脏袜子时，这就意味着他黔驴技穷了。于是我立刻向他回击说："斯克兰仕，你妈妈奇丑无比，甚至无法与癞蛤蟆约会！"

"哈，汉克的妈妈奇臭无比，所有的苍蝇都被熏死了，嗬嗬！"

"哦，是吗？嗯，你妈妈……"

我们你来我往，交战了好几分钟。要不是萨莉·梅驱车从城里返回来，我们的交锋会一直持续到深夜。当郊狼们听到小汽车驶近的声音时，他们开始向后退，然后转过身消失在夜晚的阴影中。

哇噢，多么漂亮的结局！这是我整个职业生涯中最辉煌的日子之一。当萨莉·梅从她的小汽车里走出来时，她吃惊地看着面前的一幕——野兽们四散而逃，她所有的小鸡们都躲藏在树丛中，而牧场治安长官正昂首挺胸地站在院门前。

当然，我从斯迈士那里得到了一点点儿帮助，这也令她感到吃惊。一只高大的、身份不明的、有着锤子一样的拳头的狗正坐在她的院门旁边。慢慢地，她把所有的线索都拼接在一起，然后冲进了房子里。

片刻之后，她和鲁普尔走了出来，她指着树丛说："你什么都没有听到吗？你在干什么？"

鲁普尔看起来很惊讶。"嗯，我和阿尔弗雷德在玩卡车。"

萨莉·梅转动了一下眼睛。"我的天啊！有人把房子拔起来搬到阿马里洛你也不会知道！"然后，她向院门口跑过来，我正等候在那里。

这是一个甜蜜的时光。我的意思是，她跪下来，用双臂搂住我的脖子，给了我一个热烈的拥抱，我听到脊椎骨响了三声。当她抱着我时，她轻声说："汉克，我不在乎你浑身臭烘烘的了。你保护了我的鸡群。你是一条好狗！"

站在旁边的鲁普尔耸了耸肩。"嗯，如果他有这么好，我们或许最好换回到合作社牌狗粮。不再买实惠牌的了，汉克。"

哇噢！多么完美的结局！更妙的是，猜猜谁正在鸢尾花丛那里注视着这边？猜猜谁从院门里跑出来，想要打断我容耀的时光？猜猜谁开始在萨莉·梅的脚踝上蹭来蹭去，却让自己的尾巴被踩了一脚？

那是皮特。我爱死这一切了！

这就是这个故事的结局……等一下，关于我的老伙计斯迈士还有最后一个小细节。鲁普尔和萨莉·梅不知道他是如何来到牧场上的，我也无法通过摇尾巴的方式把这一切解释清楚。不过，结局令人皆大欢喜。他们让他在牧场上待了一个星期，还把他的照片登在了特威切尔市的报纸上。果然，他的家人们看到了那则广告，来牧场上接走了他。

我不知道斯迈士现在怎么样了。不过我可以打赌，他的妈妈会为他不吃小鸡而感到骄傲的，我也是，老兄，案件流口水了。

对不起。是案件结束了。

亲爱的朋友：

　　感谢你参与汉克的每一次历险。读完本册，你是否感觉意犹未尽？

　　别着急，精彩仍在上演。在汉克的生活中，有趣的事情每天都在发生。自信而又傻气的汉克，胆小而又可爱的卓沃尔，还有大反派——汉克的死对头、狡猾的皮特，仍将继续伴你前行。

　　敬请期待更多悬念丛生的历险故事……

你读过警犬汉克所有的历险吗?